DOUZE

NOUVELLES

POUR LES ENFANTS

PARIS. — IMP. SIMON RAÇON ET COMP., RUE D'ERFURTH, 1.

DOUZE
NOUVELLES

POUR LES ENFANTS

PAR

Mlle COURIARD

AUTEUR DE *UN INTÉRIEUR*

PARIS
SOCIÉTÉ DES ÉCOLES DU DIMANCHE
A L'AGENCE, 16, RUE DE L'ABBAYE

1869

CÉLINE

Ne cherchez point votre avantage particulier, mais ayez aussi égard à celui des autres.

Philipp., II, 4.

Céline était une assez bonne petite fille tant qu'on faisait sa volonté et qu'on ne dérangeait pas son bien-être; mais aussitôt qu'on la contrariait ou qu'on lui demandait le plus léger sacrifice, sa figure se rembrunissait et son ton devenait aigre et boudeur.

— Céline, lui disait quelquefois sa petite sœur qui n'avait que six ans, viens jouer à la poupée avec moi, s'il te plaît.

— Tais-toi; je lis dans mon livre de contes, répondait Céline sans lever les yeux.

Et si sa mère l'obligeait à se prêter aux désirs de

sa sœur, elle se levait avec humeur, reculait sa chaise avec bruit et fermait brusquement son livre.

Se trouvait-elle avec ses petites amies, il fallait toujours choisir le jeu qu'elle préférait ; si l'une d'elles eût voulu faire prévaloir sa volonté, Céline se fût retirée du jeu.

— Ma chère, lui disait souvent sa mère, tu ne te feras pas aimer tant que tu chercheras avant tout ton plaisir et ton propre avantage. Vois Rosine, qui n'a que six ans, comme elle cherche à faire plaisir aux autres et comme elle leur cède aisément !

En effet, quoique la petite Rosine eût trois ou quatre ans de moins que sa sœur, elle était d'une douceur et d'une complaisance charmantes. Elle aimait par-dessus tout faire plaisir , et ne se plaignait jamais lorsque tout le monde était content.

Elles avaient chacune un petit jardin particulier. Céline cultivait quelques fruits dans le sien ; mais il ne lui serait pas venu à l'esprit d'offrir une groseille de son groseillier ou une fraise de sa bordure, tandis que Rosine semait des graines de réséda et de capucines « pour faire des bouquets à maman, » disait-elle. Il fallait la voir courant de toute la vitesse de ses petits pieds pour apporter à sa mère une branche de réséda que, par malheur, elle cueillait souvent trop courte.

— Quel bonheur ! s'écria-t-elle un jour. Perrette est venue.

Perrette était la sœur de lait de Céline. C'était une douce petite villageoise qui venait quelquefois passer l'après-midi chez madame Valbois et qui s'amusait beaucoup avec les deux petites filles.

Mais ce jour-là, Céline avait des projets. Sa mère lui avait permis de visiter une de ses amies, et la nouvelle de l'arrivée de Perrette la contraria si fort qu'elle fit un mouvement d'épaules qui témoignait beaucoup d'humeur. Rosine devint toute sérieuse.

— Quoi ! cela t'ennuie ? dit-elle.

— Sans doute ; je ne pourrai pas aller chez Louise.

— Moi qui étais si contente !... Maintenant, puisque cela te dérange, j'aimerais mieux qu'elle ne fût pas venue.

C'est ainsi que la bonne petite préférait toujours l'agrément d'autrui au sien propre. Toutefois, Céline se consola, parce que Perrette était si soumise, si obligeante, qu'elle ne faisait que ce que voulait sa sœur de lait, de sorte que celle-ci dominait en souveraine et n'écoutait que ses goûts personnels. Elle imagina de jouer à la reine, et, s'asseyant sur un tronc d'arbre, elle dit à Rosine et à Perrette qu'elles seraient ses sujets et obéiraient à tous ses ordres.

— Rosine cueillera les fleurs jaunes du bosquet pour orner mon trône, et Perrette atteindra cette branche de sapin pour m'en faire un sceptre.

Cependant, comme la branche était haute, Perrette eut peine à s'en saisir ; elle retomba lourdement et s'égratigna les mains. Mais Céline ne lui en témoigna pas de regrets, parce que sa fantaisie était satisfaite.

Le jeu se termina par le signal du goûter, et l'on prit place sous la tonnelle où un joli repas était servi.

— Maman, dit Céline dont la figure joyeuse venait de s'assombrir, tu m'avais promis que nous aurions du miel à goûter !

— C'est vrai, ma chère, répondit madame Valbois ; mais comme il fait mal à Rosine, je l'ai remplacé par des confitures.

— Mais moi je l'aime, le miel, répliqua Céline d'un ton boudeur.

— Tu ne seras pas bien malheureuse de manger à la place de la compote d'abricots.

Céline ne voulut point toucher à la compote, parce qu'elle avait compté sur du miel. Que lui importait qu'il fît mal à sa sœur, pourvu qu'il lui convînt à elle ?

— Et les framboises que Perrette a apportées, dit-elle au bout d'un instant, ne les sert-on pas ?

— Mes enfants, dit madame Valbois, j'en ai fait un autre usage ; je les ai envoyées à notre pauvre voisine malade qui ne mange plus que les fruits avec plaisir.

— Tu as bien fait, maman, s'écria la petite Rosine en frappant dans ses mains.

Mais Céline repoussa brusquement son assiette et se mit à pleurer de regret.

— Oh ! ma fille, dit sa mère, je n'aurais pas cru que tu fusses égoïste à ce point ! Quoi ! tu ne sais pas faire un sacrifice à une pauvre malade ?

Céline pleurait toujours ; alors sa petite sœur se leva, alla à elle et lui dit tout bas : Jacques m'a promis une belle pêche, je te la donnerai.

Madame Valbois, charmée du bon cœur de sa petite Rosine, l'embrassa tendrement et envoya les trois enfants se promener dans la campagne sous l'escorte d'une bonne.

— Où irons-nous ? dit celle-ci en partant.

— Sur la colline ! sur la colline ! dirent à la fois Rosine et Perrette.

— Oh ! non, pas sur la colline, dit Céline, c'est désagréable de monter. Allons dans les bruyères ; on y trouve des œillets sauvages.

Comme de coutume, la volonté de Céline l'emporta, et l'on se dirigea vers les bruyères où paissait un troupeau de moutons.

— Ils broutent les œillets rouges, dit Céline avec déplaisir. Dépêchons-nous de cueillir ce qui reste.

Voilà les trois petites filles à l'œuvre et moissonnant les belles fleurs jusqu'à ce qu'un gros bouquet fût formé.

— Où avez-vous trouvé tout cela? dit Céline; je n'en ai pas découvert six.

Et de dépit elle donna un coup de son parasol à un bélier qui se disposait à tondre de sa dent l'herbe où brillaient quelques œillets.

L'animal surpris se retourne et se précipite sur la petite fille qui essaye de fuir, mais bientôt il l'atteint et d'un violent coup de tête la renverse par terre; puis, encore irrité, il se prépare à l'attaquer de nouveau, lorsque le pâtre, averti par les cris de la bonne, accourt, le saisit par ses cornes recourbées et laisse à l'imprudente enfant le temps d'être relevée et emportée.

Céline fut deux jours malade de frayeur autant que de la chute qu'elle avait faite. Mais elle ne réfléchit pas assez sur la cause de cet accident; elle ne se dit pas que c'était en préférant son plaisir à celui des autres qu'elle se l'était attiré, et elle ne se repentit point. C'était en vain que Dieu lui avait envoyé un avertissement.

Quelques mois après, une grande jouissance se préparait pour Céline. Son père lui promit de l'emmener avec lui faire une excursion dans les montagnes. Elle ne se sentait pas de joie et craignait à chaque instant que quelque obstacle ne vînt retarder le départ.

Sa mère, en voyant son agitation, lui disait :

— Mon enfant, Dieu pourrait te demander le sacrifice de ce voyage, et il te faudrait le faire de bonne grâce. Si donc il te permet ce grand plaisir, jouis-en avec reconnaissance ; sois attentive pour ton père, et sache faire céder à ses convenances ton avantage particulier.

Mais Céline n'écoutait guère ces conseils ; elle n'aimait pas d'ailleurs qu'on lui parlât de sacrifice, et se disait que si le voyage manquait, elle ne s'en consolerait jamais.

Enfin le jour désiré arriva. Le soleil se leva radieux, et Céline surveillait avec impatience les préparatifs du départ. Mais comme le moment de se rendre à la gare approchait, le ciel s'obscurcit et son père annonça que le baromètre avait baissé.

— Si nous remettions à demain, Céline? dit M. Valbois d'un air de plaisanterie.

— Oh ! papa !... s'écria Céline déjà inquiète.

— Quand il le faudrait, ma fille ! observa sa mère.

— Mais cela est impossible, dit-elle, j'y compte depuis si longtemps !

Et elle tourna le dos d'un air boudeur.

— Voilà une conduite bien peu convenable pour un jour de départ, lui dit sa mère assez sévèrement. Puisses-tu, ma fille, n'être pas punie de n'écouter jamais que ton bon plaisir !

Malgré les signes de pluie, Céline pressa si fort son père que celui-ci, qui était peut-être un peu trop indulgent, se mit en route avec elle. Une fois en wagon, le temps devint fort mauvais, et l'on eut un orage déclaré au moment de descendre à l'hôtel. Céline était bien désappointée, mais elle ne pouvait s'en prendre qu'à elle-même et n'osa se plaindre. Enfin, après une journée entière de pluie, le soleil reparut et les voyageurs continuèrent leur chemin. Nous ne parlerons pas de la gaieté et de l'entrain de Céline, qui était d'autant plus gracieuse que son père faisait tout ce qu'elle désirait.

Un jour il avait été décidé qu'aussitôt après le dîner on prendrait un char découvert et l'on irait goûter dans un chalet. C'était une charmante perspective ; malheureusement, M. Valbois, souffrant d'un mal de tête, dit à sa fille qu'il préférait remettre la partie au lendemain. Mais l'égoïste Céline, bien loin de suivre les recommandations de sa mère commença à se lamenter et à se désoler.

— L'air te fera du bien, papa, dit-elle.

— Je ne crois pas, répondit M. Valbois; je crains, au contraire, que cela n'augmente la douleur.

— Et le char qui est commandé et qui va arriver!...

— Nous dirons au cocher qu'il revienne demain.

— Ah! demain!... toujours demain! Demain ce sera autre chose et nous n'irons pas.

— Allons! dit M. Valbois, je vois bien qu'il faut céder pour n'avoir pas tout le jour l'ennui de tes plaintes et de tes regrets.

Céline triomphante attendit impatiemment l'arrivée du char qui parut bientôt.

— Votre cheval a l'air ombrageux, dit M. Valbois au conducteur.

— Il est en effet un peu vif, repartit celui-ci, mais je n'ai pu m'en procurer un autre pour aujourd'hui.

— En ce cas, renvoyons la partie.

— Oh! papa, c'est par trop ennuyeux de toujours renvoyer et de n'être jamais sûr de rien! s'écria Céline presque en pleurant.

— Bah! montez, monsieur, reprit le conducteur, non sans rire de l'impatience de la petite fille, nous irons tout doucement.

Céline se hissa dans la voiture, son père prit place à son côté, et voilà l'équipage en marche.

Mais tout à coup, au tournant d'un chemin, on se trouva derrière un char de foin qu'il fallut forcément suivre quelque temps au pas. Le cocher avait grand'peine à contenir son cheval qui voulait dépasser le char de foin et se cabrait d'impatience.

— Là, là, Perroquet, disait le conducteur, doucement, petit, doucement!... Mais l'animal, sans prendre garde à la voix de son maître, veut passer bon gré mal gré, tire à droite et culbute le char dans le fossé.

Céline, étourdie du choc, reste évanouie; son père vole à elle, quoique blessé à l'épaule, et la supplie d'ouvrir les yeux et de lui répondre. Enfin, à force de soins elle revient à elle, mais c'est pour pleurer en murmurant : Oh! mon bras! mon bras!...

M. Valbois craint qu'elle n'ait le bras cassé et prie le conducteur d'aller en hâte chercher une litière pour la ramener à l'hôtel. Bientôt la litière arrive, on y place Céline; mais le moindre mouvement lui cause de cruelles souffrances. De retour à l'hôtel, on s'empressa de la mettre au lit et d'appeler un chirurgien qui, après avoir examiné son bras, déclara qu'il était fracturé en deux endroits. Ce fut un véritable désespoir pour la petite fille que de se voir confinée au lit, loin de chez elle et pour de longues semaines. Puis, bientôt la blessure amena la fièvre, et Céline passa des nuits dans le délire, sans reconnaître personne. Enfin la fièvre se calma, et quel fut le bonheur de la petite malade, en recouvrant ses idées, d'apercevoir, assise à son chevet, sa mère qu'un message avait amenée. Cependant son second mouvement fut de pleurer avec amertume.

— Maman, dit-elle, sais-tu que cela vient de ma faute? Sais-tu que c'est pour avoir suivi ma volonté que je suis ici, bien malade? Si j'avais écouté papa, si j'avais eu égard à son mal de tête, cela ne serait pas arrivé.

Elle pleurait si fort, la pauvre enfant, que sa mère l'embrassa en lui disant :

— Console-toi, ma fille, Dieu t'a envoyé cet accident pour te corriger, pour t'amener à réfléchir et à confesser tes torts.

Céline eut tout le loisir de méditer sur ses défauts durant le temps qu'elle passa au lit, et elle prit la sérieuse résolution de veiller sur elle-même et de vaincre son égoïsme et son esprit de domination. Ce ne fut que trois semaines après l'accident qu'elle put revenir chez elle, sans avoir accompli le voyage tant désiré, et elle fut bien longtemps encore avant de reprendre tout à fait l'usage de son bras.

Céline eut beaucoup à lutter pour réformer son caractère; mais lorsqu'elle retombait dans son despotisme, sa mère lui touchait légèrement le bras; elle savait que cela voulait dire : Dieu t'a avertie de ne point chercher ton propre avantage. Et aussitôt elle faisait plier sa volonté à celle des autres et reprenait sa bonne humeur.

Lorsque Céline fut tout à fait corrigée, lorsqu'elle fut aussi dévouée, aussi complaisante que sa petite sœur, elle avoua à sa mère que cela valait bien un bras cassé, et qu'elle remercierait Dieu toute sa vie de l'avoir corrigée pendant qu'il en était temps encore.

FRANK

> Enfants, obéissez à vos pères et à vos mères selon le Seigneur; car cela est juste.
>
> Éph., vi, 4.

Madame Bedford était un jour assise près de sa fenêtre, et, son ouvrage de couture posé sur ses genoux, elle suivait de l'œil un petit garçon qui courait dans les allées du jardin. Bientôt, elle le vit s'approcher de la porte qui donnait sur la grande route, puis s'avancer sur le seuil, et le franchir avec un geste mutin. Rien qu'à ce geste on pouvait deviner que ce petit garçon enfreignait un ordre.

— Frank! lui cria sa mère, Frank!...

Mais la tête bouclée que l'on apercevait à travers les branches de la charmille ne se retourna point à cet appel. L'enfant indocile croisant les bras à la manière d'un petit homme, arpenta deux ou trois fois la largeur de la route comme pour dire : Je suis mon maître, moi !... Puis il repassa la porte qu'il ferma derrière lui.

Ce fut à cet acte si simple que se borna la désobéissance de Frank, et pourtant, à voir l'expression peinée de madame Bedford, le regard de prière qu'elle éleva au ciel, on comprenait que cet acte était grave, parce qu'il annonçait une triste disposition du caractère de son fils : Frank prenait plaisir à désobéir.

Bien souvent déjà ce penchant lui avait attiré des remontrances et des châtiments ; mais il ne se repentait pas sincèrement et ne résistait jamais à la tentation. Il s'imaginait, comme beaucoup d'enfants, qu'une désobéissance qui n'a pas de fâcheuses conséquences n'est pas une véritable faute. Aussi, quoique sa mère lui eût défendu de se promener seul sur la route, il voulait s'assurer du danger qu'il courait, et il revenait tranquillement en se disant : Quel mal y a-t-il à sortir de la maison ? Je suis assez grand pour ouvrir la grille moi-même. D'ailleurs cela m'amuse.

Lorsque Frank avait mangé son souper et qu'il était couché dans son petit lit, sa mère venait près de lui et l'aidait à se rappeler les fautes qu'il avait commises dans la journée Ce soir-là, elle vint comme d'habitude et dit à son petit garçon :

— Frank, j'ai du chagrin, aujourd'hui.

— *Pourquoi* cela, maman ? dit-il en la regardant avec surprise.

— Quelqu'un m'a fait de la peine.

— C'est un méchant ! s'écria Frank tout courroucé.

— Oui, mon enfant, car il ne se soucie pas des ordres de sa mère ; il ne se fait pas scrupule de l'affliger, et il ne respecte pas la parole de Dieu qui a dit : Enfants, obéissez à vos pères et à vos mères selon le Seigneur, car cela est juste.

Frank pleurait.

— Maman, c'est de moi que tu parles, dit-il, mais je ne le savais pas, car je n'ai rien fait pour t'affliger.

— Mon enfant, dit madame Bedford, je t'ai bien souvent recommandé de ne pas sortir de l'enclos. M'as-tu écoutée aujourd'hui ?

Les larmes de Frank s'étaient arrêtées, il réfléchit un moment.

— Il ne m'est rien arrivé, dit-il enfin ; je n'ai pas fait de mal sur le chemin.

— Crois-tu que cela suffise pour être docile ? Tu es aussi désobéissant en mettant le pied sur le chemin contre mon désir qu'en te jetant dans le puits où tu te noierais bien vite. Mon enfant, si tu ne te corriges pas dès à présent, tu seras un méchant homme comme tu es un méchant petit garçon.

— Mais, maman, quand on est grand, on n'a plus besoin d'obéir.

— Tu te trompes, il faut obéir toute sa vie aux commandements du Seigneur. Un homme peut être aussi indocile envers Dieu qu'un enfant l'est envers ses parents. Frank veut-il écouter sa mère, afin de devenir un homme qui écoute son Père céleste, et fasse joyeusement sa volonté ?

Frank promit ce que madame Bedford lui demandait. Mais, au fond, il trouvait ennuyeux d'obéir et de ne pouvoir jamais suivre sa propre fantaisie.

Quelque temps après on mit Frank à l'école du village, non loin de la maison de ses parents, et quelle ne fut pas sa joie en apprenant qu'il irait et reviendrait seul, n'ayant qu'un pré à traverser pour être de l'école à la porte du jardin de son père. Mais aussi que de recommandations lui furent faites pour qu'il rentrât tout de suite après l'école, sans se laisser jamais entraîner par ses petits camarades !

Les premiers jours se passèrent à merveille. Il se conformait fidèlement à ce qu'exigeait sa mère et revenait en droite ligne. Mais peu à peu il oublia ses promesses et devint moins régulier.

Il y avait à cette même école un petit garçon qu'on appelait Charlot et qui, bien qu'élève studieux, était plein de malice. Il ne se passait guère de jour qu'il ne jouât quelque mauvais tour à ses petits compagnons, et lorsqu'il s'aperçut que Frank n'avait pas la liberté de courir les champs au sortir de l'école, il s'amusa à l'entraîner hors de son devoir. Frank revenait chez lui les pieds mouillés, les habits en désordre, si bien que madame Bedford lui signifia qu'elle l'enverrait chercher par sa bonne si cela continuait. Frank qui craignait qu'on ne le raillât si une bonne venait le chercher comme un petit enfant, ferma résolûment l'oreille aux sollicitations de ses camarades.

Une après-midi cependant, Charlot lui chuchota à l'oreille certaines choses qui lui donnèrent des distractions, de façon que son thème fut écrit tout de travers.

— D'énormes cerises, grosses comme des noix! murmurait Charlot.

Frank haussait les épaules.

— Et les branches du cerisier traînent à terre.

— Je n'en crois rien.

— Comme il te plaira. Je ne demande pas mieux que de les manger seul.

Malgré son air d'incrédulité, les belles cerises dont parlait Charlot lui trottaient par la tête, et il trouvait dommage de n'en pas profiter. Au moment de la sortie de classe, Charlot lui demanda une dernière fois s'il venait, oui ou non. Frank était fort tenté, mais il se rappelait la défense de sa mère, ses promesses, et cette solennelle injonction que lui répétait souvent madame Bedford : Enfants, obéissez à vos pères et à vos mères, selon le Seigneur, car cela est juste.

— Non, dit-il, je n'ose pas. Maman me punirait.

— Tu n'oses pas ! répliqua Charlot. Ah ! quel poltron !

Et le mauvais enfant se mit à sauter autour de Frank en répétant :

— Ah ! quel poltron ! ah ! quel poltron !...

— Cela n'est pas vrai ! je ne suis pas poltron ! s'écria Frank outré de cette injure. Veux-tu que je te donne un coup de poing ?

— Comme tu voudras : je te le rendrai. Je n'ai pas de temps à perdre, je vais me régaler. Adieu, poltron !

— Eh bien, j'irai, moi, pour te prouver que je ne crains rien. Est-ce loin ?

— A deux pas ; sur le bord du champ de mon oncle Isaac, répondit Charlot.

Frank était lancé, son parti pris. L'eau lui venait à la bouche rien qu'en pensant à ces grosses cerises que la main pouvait atteindre. Puis il voulait montrer son courage. Pauvre Frank! il prouvait au contraire qu'il n'en avait point pour remplir son devoir.

Il suivait depuis un moment Charlot qui, les mains dans ses poches, sifflait d'un certain air moqueur, enfilait les sentiers, et çà et là sautait par-dessus les broussailles sans trop s'inquiéter de son camarade. Frank commençait à trouver le chemin long et à ne plus reconnaître les aspects accoutumés des environs.

— Plus que ce ruisseau à passer et nous y sommes, dit Charlot en poussant du pied une pierre, puis une autre, de manière à former un gué assez hasardeux.

— Je ne passe pas! dit Frank; cette pierre tourne sous mon pied... et puis, je veux revenir, je suis très-loin de la maison.

— Allons! pour ce petit ruisseau, tu reculerais? Quel poltron! Donne-moi la main.

Et il tire Frank après lui, sans remarquer que le petit garçon a perdu l'équilibre et a mis les deux pieds dans l'eau.

— Bon! tu as pris un bain à ce que je vois, lui dit-il. Cela n'est rien; tu te sécheras dans l'herbe.

Suis ce sentier qui conduit à ce pré là-bas, tandis que je coupe une baguette de noisetier pour abattre nos cerises.

Frank se hâta de prendre la route indiquée, mais point de cerisier. Il attendit Charlot un instant, l'appela ; point de réponse. Alors, étonné, il retourne précipitamment sur ses pas ; Charlot avait disparu, et Frank, arrivé près du ruisseau, recommença à l'appeler à grands cris. Puis, voyant l'inutilité de ses appels, il s'assit par terre et fondit en larmes. Que faire ? que devenir, seul dans ce lieu inconnu ? Il faut pourtant bien qu'il en sorte, car personne ne viendra l'y chercher, et la nuit s'avance ; il ne peut demeurer ainsi. La peur le remet sur ses pieds. Malgré l'effroi de traverser de nouveau le ruisseau, il s'y décide, et, se retenant comme il peut aux branches de noisetiers qui ombragent les eaux, il se trouve de l'autre côté et se sent bien soulagé. Mais une nouvelle difficulté se présente : il ne sait quel chemin prendre. Il n'a point fait attention à celui que suivait Charlot et choisit le plus large des sentiers qui s'ouvrent devant lui. Il marche, mais bientôt la route se rétrécit et aboutit à un petit bois qui lui fait peur. Il retourne bien vite, enfile le chemin de droite et arrive à un champ sans issue. Il ne reconnaît plus rien ; il se croit à mille lieues de chez lui et recommence à pleurer en appelant : Maman ! maman !... Dans sa désolation, il se laisse tomber sur l'herbe et sanglote tout haut, jusqu'à ce qu'un bruit voisin le fasse tressaillir. Ses larmes s'arrêtent, il se relève, craignant quelque rencontre effrayante. C'était peut-être un oiseau rejoignant sa nichée qui avait fait trembler le feuillage; mais Frank quitte sa place et s'achemine sans savoir où.

Le soleil venait de se coucher, et dans les rayons d'or qu'il laissait traîner au ciel se levait une radieuse étoile. Frank la regarda avec un redoublement d'angoisse.

— Oh ! mon Dieu ! dit-il, déjà les étoiles... bientôt la nuit, et je suis perdu !

Les larmes coulaient à flots de ses yeux ; il se reprochait amèrement sa désobéissance, cause de tant de chagrin, et comprenait jusqu'au fond de son cœur combien étaient toujours sages les défenses de sa mère.

— Si je l'avais écoutée, si j'avais suivi ses désirs, que je serais heureux maintenant ! Je serais près d'elle en sûreté, tandis que je suis perdu. Oh ! mon Dieu, pardonne-moi, pardonne-moi !

Frank s'agenouilla sur l'herbe fraîche, bien loin de sa douce petite couche où chaque soir il faisait sa prière; mais jamais il ne l'avait prononcée avec tant de ferveur et d'instance.

— Mon Dieu, pardonne-moi et ramène-moi vers maman!... Jamais, jamais de ma vie je ne te désobéirai plus, mon Dieu!

Ses mains étaient fortement jointes, ses yeux mouillés de larmes levés au ciel, et tout petit qu'il était, il se sentit exaucé. Se confiant dans le Seigneur, il reprit son chemin au hasard, sans le reconnaître. Mais le Seigneur, qui avait entendu sa requête, le conduisit comme par la main; car, au détour de la route, il se vit à quelques pas de la ferme de ses parents, cette chère demeure qui lui causa un transport de joie, et il aperçut sa mère qui l'attendait, inquiète, pâle, plongeant dans l'espace un regard plein d'angoisse. Peu de moments après, il la serrait dans ses bras.

— Malheureux enfant! dit-elle, je ne puis plus désormais me fier à toi ni te laisser faire un pas tout seul.

— Oh! ne crains plus, maman, dit Frank d'un ton pénétré, je suis corrigé maintenant. Je veux toujours t'obéir pour toujours plaire à Dieu. C'est lui qui m'a ramené près de toi. Je n'oublierai plus jamais qu'il a dit : Enfants, obéissez à vos pères et à vos mères selon le Seigneur, car cela est juste.

LES CAQUETS

La langue est pleine d'un venin mortel.
Jacques, III, 8.

— Mademoiselle Henriette, quand donc perdrez-vous l'habitude de répéter tout ce que vous entendez? On croirait vraiment que vous êtes méchante et que vous prenez plaisir à brouiller les gens.

Ainsi parlait la bonne d'Henriette Dormeuil, et ce n'était pas le premier reproche de ce genre que s'attirait la petite fille. Elle redisait tout ce dont on parlait devant elle, sans se demander jamais si elle faisait peine ou plaisir aux gens auxquels elle rapportait ces choses, et causait plus de mal avec sa langue qu'on ne saurait l'imaginer. D'ailleurs, comme il arrive aux enfants, elle ne comprenait pas toujours la conversation des grandes personnes et répétait à tort et à travers ce qu'elle croyait entendre.

Ce qui lui avait mérité la remontrance de sa bonne, c'est qu'elle avait dit à la cuisinière :

— Gardez-vous de manger les pommes que maman vous donne à cuire, parce que maman les compte.

Tandis que sa mère avait simplement dit : Le dîner est plus court que je ne croyais ; j'avais compté sur des pommes.

La lingère, qui venait chaque semaine à la maison, avait eu l'imprudence de se plaindre devant Henriette d'une de ses pratiques.

— Madame L..., disait-elle, me retient le soir plus qu'il n'est juste. Je sors de chez elle une heure plus tard que je ne devrais.

Aussitôt Henriette de rapporter à la petite fille de madame L... les plaintes de la lingère. La conséquence en fut que la pauvre ouvrière perdit cette pratique.

A la pension où elle allait, que de mal n'avait-elle pas fait, que de brouilleries n'avait-elle pas occasionnées, en répétant des paroles prononcées en riant ou dans un moment d'humeur vite oublié !

Il y avait dans la même pension deux petites filles, dont l'une, qui s'appelait Laurence, passait l'été dans une belle campagne, tandis que l'autre, nommée Emma, habitait la ville toute l'année. Celle-ci était toujours invitée chez Laurence à l'époque des vacances. Elle s'y amusait de tout son cœur et attendait avec impatience les congés du mois d'août. Mais un jour, quelque temps avant les vacances, Laurence, qui était assez malicieuse, se divertit à lui faire faire ses exercices d'anglais tout au rebours. Emma, par malheur, était indolente et avait souvent recours à ses compagnes pour l'aider dans son travail. Ce jour-là, la tâche lui parut fort difficile, et elle demanda à Laurence comment il fallait traduire telle et telle phrase. Laurence trouva plaisant de lui faire traduire : *Le chien est l'ami de l'homme*, au lieu de : *Le pouvoir est funeste au caractère de l'homme*. Et quelques autres méprises de ce genre, de sorte que le professeur, après avoir parcouru cet exercice, écrivit à la fin : *Très-mal*.

Emma, surprise, prit son livre anglais et se donna la peine de pénétrer le sens des phrases qu'elle avait traduites. On juge de sa consternation ! Son ressentiment éclata contre sa malicieuse compagne ; mais elle ne se borna pas à l'accabler de reproches, elle se laissa aller à se plaindre d'elle d'une façon assez blessante.

— Elle a mauvais cœur, dit-elle à Henriette,

mauvais cœur et point de franchise, car elle m'a indignement trompée. Entre nous, ajouta-t-elle d'un ton confidentiel, si papa en était instruit, il me défendrait peut-être de retourner chez elle.

Il fallait que la pauvre Emma fût bien aveuglée par la colère pour choisir une telle confidente et pour tenir des propos si exagérés. Mais Henriette, avec son défaut de jugement habituel, charmée d'avoir à dire quelque chose qui fît de l'effet et lui donnât de l'importance, saisit la première occasion de répéter à Laurence qu'il n'était pas bien sûr que son invitation fût acceptée par les parents d'Emma.

— C'est bon à savoir! répondit Laurence.

Le résultat de ce rapport fut qu'on ne pria point Emma à la campagne cette année-là, et qu'elle passa tristement ses vacances à la ville.

Quant à Henriette, que cette circonstance aurait dû amener à réfléchir sur le mal que peuvent faire des rapports inconsidérés, rien ne parvenait à lui inspirer la bonne résolution de tenir sa langue en bride. Toutefois elle devait payer cher la persistance de ce triste penchant et l'insouciance avec laquelle elle recevait les avertissements qu'on lui donnait de tous côtés.

Sa mère était en relation avec celle d'une de ses petites amies. Cette dame avait eu le chagrin de perdre un petit garçon de l'âge du frère d'Henriette, et la vue de celui-ci lui rappelait sa récente épreuve et lui était extrêmement pénible. Un jour qu'Henriette était allée voir Blanche, elle lui dit que sa mère se préparait à passer un mois à la montagne avec elle et son frère, ce qui lui causait une grande joie.

— C'est charmant ! s'écria Blanche. Maman a formé le même projet, parce qu'elle est souffrante et a besoin de repos.

Henriette, enchantée, revint en hâte informer sa mère qu'on serait à V... en même temps que madame Mercour et sa fille. Mais madame Dormeuil en parut plus peinée que satisfaite, et le lendemain Henriette l'entendit qui disait à son mari :

— Je crois qu'il vaut mieux attendre que cette pauvre madame Mercour soit de retour de V... pour nous y rendre.

Et elle ajouta :

— La vue de Jules lui fait une impression si triste que, si nous nous y trouvions ensemble, ce séjour lui serait plus douloureux qu'agréable.

Henriette n'écouta pas la réflexion de sa mère, parce qu'elle était contrariée d'apprendre qu'elle ne serait point à la montagne en même temps que Blanche. La première fois qu'elle vit Blanche, elle lui dit d'un ton chagrin, tout en jouant à la poupée :

— Nous ne partirons pas maintenant. Nous attendrons que ta maman soit revenue ; maman ne veut pas se trouver avec elle.

Henriette ne s'aperçut pas de l'impression que ces paroles produisaient sur son amie, qui les répéta à ses parents avec un cœur bien gros, ne concevant pas qu'on voulût éviter la société de sa chère et douce maman. Madame Mercour en fut encore plus affligée qu'irritée ; mais son mari, qui était très-prompt et qui l'aimait beaucoup, blessé au vif, jura que les Dormeuil se repentiraient d'une insulte si peu méritée. Il avait de l'argent placé chez le père d'Henriette, qui était négociant ; il lui écrivit qu'il en avait besoin et qu'il voulait être remboursé sur-le-champ. M. Dormeuil fut blessé à son tour d'une manière d'agir à laquelle il ne concevait rien, et quoiqu'à ce moment cela le dérangeât de rendre une somme considérable, il s'y décida plutôt que d'adresser une prière à un homme qui se conduisait si durement. Mais ce remboursement, qui s'effectuait d'un moment à l'autre, détermina une crise malheureuse, et M. Dormeuil fit faillite.

Quelle nouvelle à apprendre à sa femme et à ses enfants ! Il revint un soir l'air abattu, et, faisant ses efforts pour paraître calme, il leur annonça qu'il avait perdu la plus grande partie de sa fortune, qu'il faudrait quitter leur joli appartement et vendre leur mobilier. Madame Dormeuil était consternée et les deux enfants pleuraient.

— Pauvre ami ! s'écria-t-elle en devenant très-pâle, comment cela est-il arrivé ?

— C'est grâce à M. Mercour qui a exigé son argent sans me laisser le temps de me retourner.

Madame Dormeuil était vivement affligée ; cependant elle remonta le courage de son mari et consola ses enfants. Mais il ne fallait pas moins se séparer de la belle maison qu'on habitait et de ses meubles élégants. On dut louer une humble maisonnette à la campagne pour y vivre avec toute l'économie possible. Combien on était triste dans cette nouvelle demeure dont toute espèce d'agrément était banni ! Comme Henriette se lamentait souvent de tant de privations ! Plus de bonne pour l'habiller et peigner ses cheveux ; il faut qu'elle apprenne à se servir elle-même. Plus de réunions avec ses petites amies dont elle est très-éloignée ; elle joue seule maintenant, et quelquefois elle laisse là ses jeux pour méditer sur son bonheur passé et soupirer.

Un jour madame Dormeuil, après avoir reçu la visite d'une dame de sa connaissance, appela Henriette près d'elle, et la petite fille fut frappée de sa figure grave et sévère. Ayant pris dans les siennes les deux mains d'Henriette, elle lui dit avec une grande tristesse :

— Mon enfant, sais-tu à qui nous devons d'être ruinés?... A qui nous devons de voir à ton pauvre père un air toujours soucieux?

— Non, maman, répondit Henriette étonnée.

— C'est à toi, malheureuse enfant, c'est à ta funeste habitude de répéter tout ce que tu entends.

— Oh! maman!... non, c'est impossible!

— Il y a quelque temps, n'as-tu pas dit à Blanche que je retardais de partir pour la campagne jusqu'à ce que sa mère en fût revenue?

— Oui, maman, mais...

— Et ne comprends-tu pas qu'en ne donnant pas le motif qui m'y portait, c'était offenser gravement madame Mercour? En effet, on vient de me le dire: M. Mercour a été tellement froissé d'un tel procédé, que ce n'est que pour faire sentir son mécontentement qu'il a agi avec ton père comme il l'a fait et a été l'auteur de sa ruine. A présent, de quel nom appeler ta conduite?

Henriette ne pouvait croire qu'elle fût la cause de ce malheur; mais lorsque sa mère le lui eut répété avec une profonde affliction, elle se jeta à genoux et éclata en sanglots.

— Oh! que je suis punie! s'écria-t-elle. Oh! me le pardonneras-tu?... Papa me le pardonnera-t-il?

— Je ne sais, ma fille, si ton père te pardonnera de l'avoir plongé dans une telle situation; mais toi, dis-moi, te trouves-tu pardonnable?

— Oh! non! non!... Je ne puis le supporter, je suis trop malheureuse!...

La pauvre enfant jetait des cris si douloureux, s'agitait dans un si violent chagrin, que sa mère en eut compassion et la prit dans ses bras.

— Ma fille, dit-elle, je consens à te pardonner, parce que ta punition est grande; mais je t'avertis qu'au moindre rapport je te traite pour toujours avec la dernière sévérité.

— Oh! maman! maman! je suis guérie! je suis corrigée!

Lorsque M. Dormeuil apprit ce qui avait amené ses mauvaises affaires, son chagrin s'en accrut. Il ne pouvait voir sa fille ou l'entendre sans que son expression s'attristât. On devine quelle angoisse ce fut pour Henriette.

Cependant les regrets de la petite fille étaient si sincères, elle souffrait tant de ce que sa mère avait été mal jugée, qu'elle finit par la supplier de la conduire chez madame Mercour pour lui dire toute la vérité. Sa mère y consentit, et ce fut le cœur bien gros qu'Henriette expliqua comment elle avait répété mal et à moitié ce qu'elle avait entendu, et par quel compatissant motif sa mère s'était privée d'aller à la montagne avec madame Mercour.

Celle-ci fut bien touchée de cette découverte et bien désolée d'avoir douté des sentiments de madame Dormeuil. Elle l'embrassa en versant des larmes et la conjura d'oublier cette triste affaire.

De son côté, M. Mercour, plein de regrets, fit ses excuses à son ancien ami. Mais tout cela ne répara pas les pertes de M. Dormeuil. Henriette le sentait, et c'est ce qui la corrigea et lui mûrit le caractère. Certes, on n'aurait pas reconnu l'enfant étourdie et jaseuse dans cette petite fille posée, au visage sérieux. Elle ne jouait plus guère, car elle ne pouvait plus jouer de bon cœur. Souvent, au milieu d'une conversation avec sa poupée ou d'un petit dîner qu'elle préparait avec son frère, elle se mettait à pleurer en songeant aux plaisirs d'autrefois, dont la perte était sa faute. Elle préférait aider sa mère dans le ménage, travailler à ses côtés et réparer de son mieux ses torts si graves.

Quant à faire des rapports, elle n'y pensait plus. Elle avait peur de sa langue maintenant et la tenait rigoureusement en bride. Lorsqu'elle était tentée de causer, la vue seule de son père soucieux, de sa mère chargée de travail l'avertissait des funestes conséquences du bavardage. Elle demandait tous les jours pardon à Dieu des maux qu'elle avait causés, bien que si jeune encore ; et lorsque ses parents virent que leur fille était devenue sage, discrète et pieuse, ils voulurent bien lui pardonner ses fautes, malgré tout le tort qu'elles leur avaient fait.

LE COUTEAU DE MICHEL

Aimez-vous les uns les autres.
Jean, XIII, 34.

C'était un jour de foire dans la petite ville de Saint... Les marchands en plein vent étaient entourés de nombreux chalands; les hommes se fournissaient de cravates, de gilets, de mouchoirs de poche aux vives couleurs; les femmes marchandaient des paniers, des bonnets; les enfants emportaient en triomphe des trompettes de deux sous dans lesquelles ils soufflaient de tous leurs poumons. Plus loin les chevaux, les bœufs, les moutons, parqués dans une vaste plaine, attendaient que des acheteurs vinssent les examiner et les conduire à de nouveaux maîtres.

En face d'un étalage de coutellerie, un petit ramoneur était arrêté, tournant entre ses mains une pièce de monnaie et regardant d'un air de désir des couteaux au manche solide, à la lame brillante. Il ne se doutait pas qu'un vieux monsieur, frappé de sa physionomie intelligente et honnête, le considérait avec intérêt. Aussi fut-il très-surpris de s'entendre interpeller par une voix amicale.

— Tu me parais avoir grande envie d'un de ces couteaux, mon ami, lui dit le vieillard.

Le ramoneur baissa les yeux sans répondre.

— Tu tiens de l'argent dans ta main ; pourquoi ne pas en acheter un?

— Je n'ai que deux sous, répondit Michel avec embarras, et ils en coûtent six.

— Eh bien, dit le bon monsieur, je mettrai ce qui manque ; choisis celui qui te plaît le mieux.

Le petit ramoneur, bien content, choisit son couteau avec soin, et donna ses deux sous auxquels son nouvel ami en ajouta quatre.

— Voyons ce couteau ? dit le monsieur. Voilà une belle lame solide et bien trempée, et puis portant une devise encore ! Tiens, lis gravé dans l'acier : Aimez-vous les uns les autres.

Michel regardait son couteau d'un air émerveillé, mais son savoir n'allait pas jusqu'à épeler la devise.

— Cette parole vient de Dieu, mon enfant ; c'est

Jésus lui-même qui nous fait cette recommandation dans l'Évangile. Prends ton couteau, mon ami, conserve-le avec soin ; mais surtout souviens-toi de sa devise.

Le gentil ramoneur reçut son couteau avec une sorte de respect. Un couteau à devise, et une devise qui est la parole de Dieu lui-même ! Il ne pensait pas être jamais si heureux. Il revint tout joyeux au logis de son maître, qui était un homme fort dur envers ses petits ramoneurs, et qui gronda sévèrement Michel de s'être attardé à la foire.

Le pauvre garçon dut se coucher sans souper ; aussi pleura-t-il de tout son cœur sur le tas de paille qui lui servait de lit. Mais soudain il se rappela le couteau neuf et sa belle devise.

— Aimez-vous les uns les autres ! se dit-il. C'est le bon Dieu qui nous parle comme ça ; il faut donc bien aimer le maître, sans quoi je n'écouterais pas la parole du bon Dieu.

Et dans cette louable disposition, notre petit Michel s'endormit profondément. Aussitôt éveillé, il partit pour aller ici et là ramoner les cheminées, et il chantait gaiement sa chanson du haut du toit.

Ce matin-là il reçut d'une bonne dame un gros morceau de pain et deux pommes qu'il coupa, bien fier de son beau couteau. Tout en croquant sa pomme, il regardait les lettres de sa devise et se disait :

— Pour cette vieille dame, il n'est pas difficile de l'aimer, j'en réponds!

Mais comme il était en train de partager la seconde pomme, un de ses camarades plus âgé que lui, tenté par le fruit aux couleurs roses, lui donna sur le bras un coup qui lui fit lâcher prise, et le méchant garçon s'empara de la pomme. Michel, tout en colère, courut après lui en lui redemandant son bien; mais l'autre se retourna en riant et lui jeta tout simplement le cœur de la pomme à la figure. Michel était si fâché qu'il en aurait pleuré, et maudissait la friponnerie de son camarade.

— Un jour ou l'autre je me vengerai, dit-il.

Mais à ce moment la devise lui revint à la mémoire.

— C'est trop difficile d'écouter cette devise, s'écria-t-il en jetant son couteau loin de lui.

Et il se détourna comme s'il le boudait. Cependant il se garda bien de le laisser là; il le ramassa et se mit à regarder longtemps les lettres gravées sur la lame.

— Allons, dit-il tout d'un coup, il faut bien aimer Joseph, puisque le bon Dieu le veut ainsi; je tâcherai donc de l'aimer.

Lorsque Michel fut trop grand pour monter dans

les cheminées, il quitta cet état et se fit commissionnaire. Comme il avait de l'intelligence et de la probité, il ne manquait pas d'occupation. C'était une lettre à porter à son adresse, un fiacre à aller querir, et d'autres commissions de ce genre. Il conservait son couteau avec soin et se mettait si bien en peine d'en pratiquer la devise, qu'il se faisait aimer de tous par sa douceur et sa complaisance.

Un jour il vit un garçon, décrotteur de son métier, qui paraissait se quereller avec un autre plus grand et plus fort que lui. Comme Michel n'aimait pas les querelles, il s'éloignait rapidement, lorsque le jeune décrotteur l'appela, et, étant accouru, il reconnut cet ancien camarade qui lui avait volé une pomme.

— Ohé! Michel! vois-tu ce monsieur? il m'a donné hier une pièce de vingt sous contre une pièce de dix. Aujourd'hui il soutient que la pièce de dix sous est fausse et m'en demande une autre. Je n'ai que huit sous; peux-tu m'en prêter deux?

Michel tira de sa poche deux sous, et le décrotteur mit sous les yeux de l'inconnu la monnaie de dix sous en tendant la main pour recevoir la pièce de la veille; mais l'adroit fripon tourna le dos, emportant pièce et monnaie. Le pauvre Joseph cria au secours, et, dans son honnête indignation, Michel courut après le voleur, l'atteignit et le retint par le pan de sa redingote. Mais, d'un vigoureux coup de poing, celui-ci se dégagea, et le jeune garçon demeura sur la place, tout ahuri de la secousse. Lorsqu'il revint vers Joseph, il le trouva dans un vrai chagrin.

— Maudit escroc! criait-il; coquin, tu me le payeras, je t'en réponds!

— Non, non, crois-moi, dit Michel d'un ton pacifique. Il te faut lui pardonner, car Dieu nous demande de nous aimer les uns les autres.

— Il ne peut vouloir que j'aime ce voleur, reprit Joseph en courroux, et toi qui parles si bien, tu le haïrais à ma place.

— Non, vraiment! ne m'a-t-il pas volé deux sous et donné un vilain coup de poing dans l'estomac? Et cependant je ne le hais pas, car le bon Dieu nous défend absolument de haïr.

— On voit que tu dîneras aujourd'hui, repartit Joseph d'un ton bourru; si tu étais obligé de jeûner, tu ne parlerais pas de la sorte.

— Quoi! n'as-tu rien gagné que ces huit sous?

— J'ai perdu le reste au jeu avec ce vaurien d'Antoine, mais il me le revaudra!

— Pauvre Joseph! je crois en vérité que tu n'aimes personne. Mais il faut que tu manges aujourd'hui. Attends deux minutes, et je t'apporte un morceau de pain.

En effet, au bout d'un instant, Michel présenta à son camarade une demi-livre de pain, que celui-ci mordit avec avidité.

— Tu es vraiment un bon *pays*, dit-il d'un air touché. Dis donc, te souviens-tu de la belle pomme que je t'ai soufflée une fois ? Il y a longtemps de cela, et tu l'as oublié, sans doute.

— Je me le rappelle fort bien, et même je pourrais te dire l'endroit où c'est arrivé.

— Tiens ! tu n'as pas de rancune ?

— Je pensais pourtant à me venger, un moment. Mais je t'ai pardonné à la fin à cause de la devise de mon couteau.

— Quelle histoire me fais-tu là ? s'écria Joseph d'un air ébahi.

Michel ouvrit son couteau et lui montra le précepte gravé sur la lame. Joseph partit d'un éclat de rire.

— Ah ! c'est là que tu prends conseil ? Es-tu simple, mon pauvre Michel !

Ce ton et cet éclat de rire déconcertèrent Michel. Il s'en alla tristement en se demandant si ce n'était pas une duperie que de prendre sur ses économies pour obliger un camarade qui se riait de lui. Il y pensa longtemps, et se disait par moment qu'il était bien sot, qu'il ne voulait plus se priver de rien pour personne. Mais à force d'y penser, il se souvint qu'il n'avait jamais été si heureux et si tranquille que depuis qu'il pratiquait sa devise. Il fallait bien que ce fût la volonté de Dieu puisque sa conscience était si satisfaite.

— Je ne veux donc pas me décourager, se dit-il.

Et il tint sa résolution.

Un jour que, chargé d'un message, Michel passait devant la boutique d'un boulanger, il vit plusieurs personnes rassemblées en cet endroit, qui parlaient très-vivement. Mais ce qui le frappa le plus, ce fut Joseph qui se tenait pâle et les yeux baissés au milieu du groupe. Michel fut ému sans savoir pourquoi, et aurait désiré s'attarder un peu pour savoir ce qu'il adviendrait; mais on lui avait recommandé la promptitude, et il s'éloignait quand il entendit prononcer son nom d'un ton d'angoisse et de supplication. Il se retourne et voit son camarade qui le regarde les mains jointes. Il s'approche en écartant la foule et s'informe de ce qui se passe, de ce qu'il lui veut.

— Paye pour moi! s'écrie Joseph; paye pour moi ou je vais en prison!

— En prison! répète Michel en reculant d'effroi.

— Il a volé un pain! s'écrie-t-on de toute part.

Michel regarda son camarade comme ne pouvant croire à une pareille accusation.

— J'avais faim ! dit Joseph d'un ton qui fit peine à Michel.

— Combien voulez-vous pour le laisser aller ? dit-il au boulanger.

— Vingt sous pour sa peine ou je ne le lâche pas.

— Vingt sous ! je ne les ai pas sur moi, mais je vous donne ma parole que je vous les payerai dès ce soir.

— A présent ou la prison ; vous êtes capable de ne pas revenir.

— Mon Dieu ! personne ne veut-il me prêter un franc ? s'écria le bon Michel en joignant les mains à son tour.

Un vieux monsieur, spectateur muet de cette scène, s'avança.

— Je le prête volontiers à ce bon et honnête garçon, dit-il. Je ne doute pas que ses intentions ne soient loyales. Tenez, mon ami, si vous voulez me le rendre, voici mon adresse : M. Robert. rue ***.

Michel ne répondit que par un regard de profonde gratitude, et se hâta d'emmener Joseph, qui lui dit d'une voix tremblante :

— Ah ! Michel, je vois bien qu'elle a raison,

la devise de ton couteau; c'est elle qui me sauve de la prison.

Quoique le monsieur qui lui avait si à propos prêté de l'argent eût l'air d'un homme dans une grande aisance, Michel n'eut pas un instant l'idée de négliger cette restitution. Dès le soir même, il s'informait timidement à la porte de M. Robert s'il était chez lui, et il fut immédiatement introduit dans le cabinet du vieux monsieur.

— Quoi ! mon ami, déjà ici ! s'écria celui-ci en souriant. Comme vous êtes exact! Vous êtes aussi honnête que vous le paraissez et c'est beaucoup dire. Mais il faut que vous soyez en bonne passe pour pouvoir si vite acquitter cette dette, ajouta-t-il en attachant sur Michel un regard pénétrant.

— Oh ! non, monsieur, répondit le jeune Savoyard ; mais je gagne quelques petites choses et j'économise autant que je puis pour retourner au pays et rapporter à ma mère une petite somme. C'est ce qui m'a permis d'aider mon camarade.

— Brave garçon ! vous vous applaudirez, j'espère, de votre conduite. Mais dites-moi le sens d'une parole de ce malheureux jeune homme qui a frappé mon oreille et m'a surpris : La devise de ton couteau a raison, c'est elle qui me sauve de la prison.

Michel sourit d'un air plein de candeur, et tirant de sa poche son couteau, il montra à M. Robert le commandement gravé sur la lame.

— Quoi ! s'écria vivement celui-ci, seriez-vous le petit ramoneur auquel j'ai facilité cette emplette ?

— O monsieur, est-ce vous qui fûtes si bon ? s'écria à son tour Michel.

M. Robert saisit la main du brave enfant et la serra avec amitié, car il comprenait par les paroles de Joseph que la devise qu'il lui avait fait remarquer avait été mise en pratique depuis ce jour.

Plein d'intérêt pour son jeune protégé, M. Robert se plut à lui apprendre à lire, à écrire et à le pousser sur le chemin d'une honnête fortune.

Dix ans après ces événements, Michel, le sac sur le dos, regagnait son village, joyeux de pouvoir mettre sa mère dans une douce aisance et de cultiver lui-même un joli morceau de terre. Ainsi le petit ramoneur parti du pays sans un sou dans sa poche, revenait favorisé de la fortune, grâce à sa probité, à son économie et à la recommandation du Seigneur qu'il avait écoutée. Il est aujourd'hui un homme courbé par l'âge, père vénéré de plusieurs générations. Souvent il montre à ses petits-enfants un antique couteau dont la lame porte encore la trace de lettres à demi effacées par l'usage.

— Voyez, mes enfants, dit-il, ce sera la meilleure part de mon héritage, car ce couteau porte une belle devise qu'il ne faut jamais oublier : Aimez-vous les uns les autres.

LES PETITS CHAGRINS

Soyez toujours joyeux.
I. Thess. v, 16.

— Quel ennui de marcher si longtemps ! disait un jour Mina en traînant les pieds de l'air le plus fatigué du monde.

— Bon ! répliqua son frère, de deux ou trois ans plus âgé qu'elle, il y a un moment tu te plaignais de ce qu'on ne s'éloignait pas assez de la maison.

— Mademoiselle trouve toujours quelque raison pour se plaindre, remarqua la bonne qui les accompagnait.

— Parce qu'on ne fait jamais ce que je désire, repartit la petite fille avec un mouvement d'humeur.

— Allons, Mina, sois donc gentille, dit Léon. Encore deux pas et nous verrons la grille du jardin.

— Oh! deux pas!... vingt pas au moins!

Et Mina recommença à se lamenter.

Il en était de tout ainsi. Mina pensait toujours avoir sujet d'être mécontente et tourmentait ses parents et sa bonne par cette triste disposition d'esprit. Bien différente en cela de son frère, qui trouvait dans chaque chose matière à se réjouir et disait constamment que tout allait pour le mieux. La pluie tombait-elle au moment de la promenade, au lieu de se désoler, comme Mina, il prenait ses crayons et copiait quelque sujet dans son album, puis il disait qu'il s'était plus amusé qu'en courant dans les prés.

Un jour, la grêle vint à dévaster la plate-bande qu'il cultivait : et chacun pensa que Léon serait bien affligé de voir ses belles fleurs, ses jacinthes, ses tulipes, ses narcisses couchées à terre pour ne plus se relever. Au premier instant, en effet, il considéra avec un gros soupir son parterre si joli l'heure d'avant, mais soudain relevant la tête : Après tout, dit-il, ce n'est pas une grande perte. Dans peu, ces fleurs se seraient fanées. Je vais les enlever et en mettre d'autres à leur place qui s'ouvriront prochainement.

M. Dastu embrassa tendrement son petit garçon.

— Mon fils, dit-il, le bon Dieu aime les enfants qui voient les choses du beau côté, car il nous recommande expressément d'être toujours joyeux. Combien je voudrais voir Mina dans les mêmes dispositions !

Mais Mina ne tenait nul compte des avertissements de son père. Elle s'imaginait être plus à plaindre que Léon lorsqu'ils rencontraient la même contrariété; et par le fait de son caractère, elle l'était effectivement.

Un jour que tous deux étaient invités par leur tante à passer la journée à la campagne, ils étaient prêts à partir, lorsque leur père qui devait les accompagner, vint les avertir qu'il fallait y renoncer parce qu'un devoir pressant le retenait à à la maison. Aussitôt qu'il eut quitté la chambre, Mina éclata en pleurs, jeta son chapeau à terre et alla jusqu'à reprocher à son frère de ne pas montrer plus de chagrin de ce qui lui en causait tant à elle-même.

— Nous irons un autre jour, dit Léon. Ne te désole donc pas si fort pour un plaisir remis.

— Nous n'irons pas !... Je suis sûr que nous n'irons pas !

— En tout cas c'est peut-être très-heureux que nous n'y allions pas aujourd'hui. Qui sait si quelque malheur...?

— Quelle sottise tu me dis là ! Nous nous serions beaucoup amusés, voilà tout. Mais je suis toujours contrariée ; tout va de travers pour moi.

Cependant, comme la journée s'avançait, le ciel se couvrit de nuages, les éclairs brillèrent, le tonnerre gronda et bientôt des torrents de pluie inondèrent la campagne. Léon considérait l'orage avec quelque frayeur ; les éclairs étaient éblouissants, le roulement qui les suivait éclatait avec un fracas terrible et la pluie battait les vitres avec violence.

— O papa, dit-il en se serrant contre son père, qu'on est heureux d'être chez soi !

— Oui, mon fils, au lieu d'être sur la route du retour comme nous le serions à cette heure si nous avions été chez ta tante.

— En vérité, papa ? nous aurions été surpris par l'orage ! et cette averse serait tombée sur la voiture et sur le pauvre cheval ?

— Oui, mon enfant.

— Et les éclairs l'auraient effrayé, n'est-ce pas ? et il se serait peut-être emporté comme le jour où nous passions devant un feu que des petits pâtres avaient allumé.

— C'est très-probable, mon cher ami.

— Oh ! combien nous devons remercier Dieu, papa, que vous ayez été retenu à la maison !

M. Dastu, touché de cette réflexion, caressa amicalement son fils, qui courut tout de suite vers Mina pour lui faire partager sa joie.

— Avoue, lui dit-il, que c'est avoir du bonheur! Si Feydo s'était emporté et que la voiture eût versé...

— Il ne se serait peut-être pas emporté.

— Du moins la pluie nous aurait mouillés jusqu'aux os dans le phaéton.

Mina en convint, et convint aussi qu'il valait mieux que la course eût été renvoyée puisqu'il aurait pu arriver tant d'ennuis.

Le lendemain on trouva cassé par l'orage un jeune prunier que Léon avait vu planter et auquel il s'intéressait beaucoup. M. Dastu fut tout chagriné de la peine qu'en ressentirait le petit garçon. Celui-ci ramassa avec regret les branches éparses sur le sol, parées de feuilles vertes et de fruits naissants, et les montra à son père tandis que des larmes brillaient dans ses yeux. Mais tout à coup les essuyant, il s'écria d'un air triomphant :

— C'est égal, papa, je ne regrette pas cet orage, parce que Mina a bien vu que tout est toujours pour le mieux.

Les vacances avançaient et le frère et la sœur furent invités à passer une quinzaine chez leur tante, ce qui valait encore mieux qu'une journée. Là, Mina n'avait guère d'occasions de se plaindre, et pourtant elle n'était pas parfaitement joyeuse. Il faisait trop chaud pour courir, ou bien il faisait trop froid pour sortir, ou bien trop humide, ou trop de poussière.

— Qu'as-tu donc, ma chère enfant ? lui disait quelquefois sa tante étonnée de son expression contrariée.

Mina répondait : — Je comptais courir dans la prairie, mais l'herbe est mouillée. Ou : — J'avais envie de pêcher des poissons rouges dans le bassin, mais ma bonne est occupée et ne veut pas que j'y aille seule.

— Pauvre enfant, reprenait sa tante, tu ne sais pas ce que c'est que les véritables chagrins; sans quoi tu ne te plaindrais pas pour si peu de chose. Si jamais il t'arrivait un malheur, tu sentirais combien tu as tort de te désoler à tout propos.

Cette prédiction se réalisa bientôt. Les vacances terminées, les deux enfants revinrent chez leur père ; mais M. Dastu remarqua dans son fils un air de langueur et de lassitude qui ne lui était pas habituel. Il l'interrogea et Léon avoua que, depuis quelques jours, il ne se sentait pas comme à l'ordinaire. On fit promptement appeler le médecin, on coucha Léon, et bientôt on sut qu'une fièvre typhoïde s'était déclarée.

Quoique Mina ne fût pas toujours aimable avec son frère, elle l'aimait tendrement; aussi, à la nouvelle qu'il était gravement malade, fut-elle fort effrayée, et cette fois véritablement malheureuse. Elle ne songeait plus à murmurer, à se forger toute sorte d'ennuis; mais elle pensait que lorsque son frère serait rétabli, elle serait toujours, toujours joyeuse.

Un jour que les deux médecins sortaient de la chambre de Léon, ils traversèrent le jardin sans l'apercevoir derrière le lilas où elle se trouvait, et elle entendit ces mots terribles : — Je le regarde comme perdu.

La pauvre enfant se jeta par terre en poussant de tels gémissements, que sa bonne accourut et la trouva dans le chagrin le plus violent.

— Je ne veux pas qu'il meure!... disait-elle; empêchez-le de mourir...

M. Dastu vint vers sa fille, lui demanda ce qui pouvait l'agiter à ce point, et Mina répétait : — Je ne veux pas qu'il meure!

Son père la prit dans ses bras et lui dit avec douceur :

— Mon enfant, ce n'est pas de vouloir sauver notre Léon qui le sauvera; mais prions le Seigneur de nous le conserver, et peut-être jugera-t-il bon de nous exaucer. N'est-ce point aussi le moment de nous examiner nous-mêmes, chère fille, et devoir si par nos fautes et nos murmures nous ne méritons pas d'être châtiés et éclairés. Tu t'es souvent lamentée sur des choses sans importance; il faut prendre maintenant la résolution de te corriger.

Mina sentit vivement la vérité de ces paroles. Combien elle se trouvait ridicule et coupable d'avoir si souvent pleuré pour des bagatelles! combien elle comprenait aujourd'hui ce qui était réellement inquiétude et chagrin! Et comme elle pria le bon Dieu, la pauvre Mina, non-seulement pour la vie de son frère, mais pour être délivrée de ses défauts et pour être toujours joyeuse, comme son cher Léon!

Ce fut un bien beau jour que celui où les médecins déclarèrent que, contre toute attente, le malade était sauvé. M. Dastu, pleurant de joie, serra sa fille contre son cœur et dit à voix basse :

— Le Seigneur dans sa miséricorde a exaucé le père et la sœur. Nous le servirons toujours désormais, n'est-ce pas, mon enfant?

Mina était trop émue pour répondre, mais elle en forma le vœu dans son cœur.

La convalescence de Léon fut bien longue; mais qui l'aurait cru? il fut constamment réjoui et distrait par sa sœur, qui lui consacrait toutes ses heures de récréation. Elle lui lisait ses livres favoris, lui parlait de ce qui lui était agréable, jouait aux jeux qu'il préférait, et, à la douce surprise de Léon, ne montrait jamais ni humeur ni lassitude.

— Je crois que j'ai une sœur nouvelle, lui dit-il un jour en souriant.

— Oui, cher frère ; j'ai été si malheureuse, si inquiète que cela m'a changée ; et aujourd'hui je suis si heureuse que je ne trouve plus à me plaindre. Ce serait bien plutôt à toi de te plaindre, pauvre Léon ! tu es encore si faible et si abattu ! Je ne sais en vérité quand tu seras comme autrefois.

— Moi me plaindre ! s'écria le jeune garçon avec un brillant regard ; ah ! Mina, au contraire, je vois plus que jamais que tout est pour le mieux, maintenant que tu es toujours joyeuse.

ÊTRE ET PARAITRE

> Si vous avez égard à l'apparence des personnes vous commettez un péché.
>
> Jacques, II, 9.

Laure Darvil avait été élevée avec soin par son père, et l'on peut dire qu'elle avait beaucoup de qualités; malheureusement, son amabilité variait à vue d'œil selon l'extérieur des personnes. M. Darvil, dont l'affabilité était la même avec le pauvre et le riche, avec le grand et le petit, s'affligeait de découvrir ce travers chez sa fille, et se flattait que plus tard la raison l'éclairerait sur le prix des vertus solides et la frivolité des avantages extérieurs. Quant à Laure, elle s'étonnait de voir son père tenir en grande estime de certaines gens de peu d'importance, ou accueillir avec égard des personnes sans éclat; elle se disait qu'elle ne voudrait pas embrasser cette vieille femme qu'il recevait si bien, ni placer sa main dans celle de ce monsieur en grosse redingote et en gros souliers qu'il saluait si bas. Quant aux autres amis de son père, c'était différent : ils portaient des habits soignés, des gants; ils étaient si gracieux, si polis, qu'elle était charmée qu'ils lui accordassent quelque attention. Et ces dames vêtues de soie et de fourrures!... oh ! elle se sentait à leur égard tant de respect que lorsqu'elle voyait aux patères du vestibule leur belle pelisse, elle s'arrêtait à la contempler et la caressait de la main.

Il en était ainsi de ses petites compagnes. Elle ne se liait d'amitié qu'avec celles qui étaient jolies ou riches, ou bien mises; quant aux autres, malgré leur application, leur bon caractère, elle n'en faisait aucun cas. Elle prenait des leçons d'histoire avec deux petites filles bien différentes à tous égards. L'une, appartenant à de riches parents, était vaine, éprise de la parure et fort peu studieuse; l'autre, élevée par une mère dont la position était fort étroite, vivait avec une extrême simplicité; mais quel ordre, quelle conscience elle apportait à tout ce qu'elle faisait! Elle savait que plus tard elle serait à son tour obligée de donner des leçons, et elle mettait toute son attention à celles qu'elle recevait. Malgré ces traits dignes d'estime, Clémence n'avait point obtenu l'amitié de Laure, qui, avec un aveuglement ridicule, l'accordait toute à son autre compagne.

Un jour Laure se sentit assez malade pour ne pouvoir aller prendre sa leçon d'histoire. Le lendemain une fièvre scarlatine se déclara, et pendant plusieurs semaines elle dut interrompre ses leçons. Lorsqu'elle entra en convalescence, elle se désola à l'idée qu'elle était fort en arrière de ses compagnes, et qu'elle aurait plusieurs extraits à copier pour être au courant des leçons.

— Je demanderai le cahier de Léonore, dit-elle à son père.

— Je préférerais de beaucoup celui de Clémence, répondit M. Darvil ; je suis certain qu'il est écrit avec plus d'ordre et d'exactitude.

— Non, non, dit Laure, j'aime mieux ne pas lui demander de service.

Elle écrivit un billet à Léonore pour lui emprunter ses extraits ; mais quand elle les eut sous les yeux, elle y vit tant de fautes, d'oublis et de contre-sens, qu'elle les repoussa avec humeur et s'écria qu'ils ne lui servaient à rien du tout.

— Essaye de ceux de Clémence, lui dit son père. Veux-tu que je les lui demande moi-même?

Laure fut bien forcée d'y consentir et remercia

son père de vouloir bien prendre cette peine. Lorsqu'il revint, il lui remit les cahiers d'un air satisfait, et Laure ne put s'empêcher d'admirer la netteté de l'écriture, la correction du style et la clarté des idées.

— Ce sera aisé à copier, avoua-t-elle un peu contre son gré.

— Tu n'as pas même besoin de te donner cette peine, reprit M. Darvil ; pendant toute la durée de la maladie, Clémence a fait les extraits pour deux ; ce cahier t'est destiné, Clémence l'a écrit pour toi.

Quelle délicieuse surprise ! Laure sentit au fond de son cœur toute la bonté de cette amie envers qui elle avait été injuste, et, touchée de tant d'indulgence, elle se promit de réparer ses torts. En effet, à la première occasion, elle la remercia avec effusion, sans s'arrêter à l'extérieur modeste de la gentille enfant. Mais cette conduite déplut à son autre amie. En s'apercevant que Laure ne s'était pas servie de ses extraits et qu'elle avait changé de manière d'être avec Clémence, Léonore lui fit éprouver tout son ressentiment. Autant elle avait été amicale, autant elle devint froide et hautaine ; autant elle avait accueilli ses prévenances, autant elle les repoussa et se fit un plaisir de la blesser.

Ce fut alors que la petite fille mesura la distance qu'il y avait entre ses deux compagnes. Elle s'aperçut enfin qu'un élégant extérieur pouvait cacher un esprit peu cultivé, une âme sans élévation, et que sous la plus humble apparence on trouvait souvent la véritable distinction.

Quoique ce fût pour Laure une bonne leçon, cela ne la corrigea pas tout à fait. Un jour que son père lui dit qu'il aurait à dîner M. Vilman, elle fit une exclamation de mécontentement. C'était justement le monsieur aux gros souliers et à la grosse redingote, dont l'extérieur, en un mot, n'avait rien de flatteur.

— Je ne veux pas me mettre à côté de lui, dit-elle, et je ne lui toucherai pas la main.

Ces paroles déplurent beaucoup à son père.

— Il est peu probable, dit-il, qu'il t'accorde la moindre attention, et je l'honore trop pour placer à son côté une petite fille comme toi. J'inviterai ton oncle, qui sera très-flatté de prendre cette place.

— Très-flatté! s'écria Laure d'un air incrédule.

— Sans doute; M. Vilman est un savant distingué, les personnes éclairées regardent comme un privilége de le recevoir à leur table. Quant à une petite fille sans pénétration, il est bien naturel qu'elle le juge sur l'apparence, comme le font les sots.

Laure, confuse, baissa les yeux, et lorsque l'heure du dîner sonna, elle considéra M. Vilman avec un certain respect, malgré sa tournure épaisse.

Quand elle vit avec quelle déférence l'écoutaient son père et son oncle, elle commença à comprendre qu'il y avait chez lui quelque chose de mieux qu'un brillant extérieur. Cependant elle ne fut pas fâchée qu'il ne fît point attention à elle lorsqu'elle quitta la chambre.

— Figure-toi, mon enfant, ce qui m'est arrivé aujourd'hui, lui dit un jour son père. Je viens de chez M. Vilman, qui habite avec son frère et ses neveux, et j'ai été introduit par un de ces derniers qui m'a pris pour le maître de danse de sa sœur, et m'a reçu avec une impolitesse qui devrait lui faire honte.

Laure leva sur son père un regard de surprise et d'indignation.

— Oui, ma chère, poursuivit M. Darvil, il m'a indiqué du doigt la porte d'une chambre en me disant : Entrez ! d'un ton bref et dédaigneux.

— O papa, s'écria Laure outrée, te prendre pour un maître de danse !

— Mon enfant, là n'est point le tort ; mais ce qui est répréhensible, c'est d'être hautain avec un maître de danse, qui est sans doute aussi honorable que qui que ce soit. J'ai conçu une fort mauvaise opinion de ce jeune homme, qui ne fait cas des personnes que selon leur fortune ou leur position sociale.

— Oh! sans doute, papa, c'est très-mal à lui de n'avoir pas été poli envers toi.

— Or, sais-tu ce que je me suis dit? Voilà précisément comment se comporte ma petite fille. Elle ne juge les gens que sur l'apparence; aussi qu'arrive-t-il? Elle salue d'un air dédaigneux une vieille dame qui vient parfois à la maison, parce qu'elle la croit sans fortune et sans nom; tandis que cette charitable femme a sacrifié fortune et position pour se mettre à la tête d'un hôpital et soigner les malades. Pour moi, je trouve ma petite fille aussi sotte que le neveu de M. Vilman.

Laure resta silencieuse et embarrassée, sentant qu'elle n'avait le droit de blâmer personne. Elle était irritée des procédés de ce jeune garçon, et pourtant elle confessait en elle-même que ses manières avec la vieille dame ou avec M. Vilman étaient tout aussi peu convenables.

Le lendemain, comme elle sortait avec sa bonne, elle rencontra à la porte une femme en toilette somptueuse qui demandait à parler à M. Darvil. La belle dame sourit à Laure, lui offrit la main, ce qui la flatta au plus haut degré, et, malgré les représentations de sa bonne, elle l'introduisit dans le cabinet de son père sans prévenir celui-ci. M. Darvil reçut très-froidement l'inconnue, et quelques instants après fit querir sa fille, qui crut retrouver l'élégante étrangère et s'en réjouit. Mais son père était seul et lui dit assez sévèrement :

— Ma fille, je ne sais qui t'a autorisée à introduire de cette façon les premiers venus dans mon cabinet. Si tu t'es fondée sur la riche toilette de cette femme, tu t'es lourdement trompée ; ce n'est qu'une espèce de mendiante qui venait sans autre but que celui de m'extorquer de l'argent.

Laure demeura consternée. Quoi ! cette belle dame si charmante... ! Oh ! décidément, elle ne voulait plus avoir égard à l'apparence des personnes. Sa bonne, qui souvent lui avait reproché la différence de manières qu'elle affectait selon l'air des gens, la plaisanta longtemps sur cette aventure, lui rappelant avec quel sourire gracieux elle avait serré la main de cette malhonnête femme. Ce souvenir faisait rougir Laure, qui se promettait de ne plus retomber dans une si sotte conduite.

Quelques semaines après, comme Laure était auprès de son père, on remit une lettre à ce dernier. Il l'ouvrit, la lut et parut fort ému.

— La digne, l'excellente femme ! s'écria-t-il enfin.

Laure le regarda d'un air étonné.

— Mon enfant, dit-il en attirant sa fille vers lui, sans cette vieille dame que tu dédaignes, la directrice de l'hôpital, je perdais une grande partie de ma fortune. Elle me sauve par les prompts avis qu'elle me donne.

Laure joignit les mains sans parler.

— Oui, ma fille, sans son zèle, et surtout son amitié, tu serais réduite à une position voisine de la misère ; sans elle tu devrais te préparer à gagner ton pain comme ta petite amie Clémence.

— O papa, dit Laure avec effusion, combien je l'aime !

— Que ce soit une leçon pour toi, ma chère Laure, reprit M. Darvil d'un ton grave. Dieu ne regarde point d'un œil favorable les enfants hautains envers les faibles et les pauvres, et il les châtie rigoureusement lorsqu'ils persistent dans cette coupable disposition. Aujourd'hui il te montre que tu peux recevoir les plus importants services des personnes de la plus humble apparence, afin que, si jamais tu étais tentée, comme autrefois, de mépriser ceux qui sont obligés de gagner leur vie, tu te rappelles qu'il ne s'en est fallu que de quelques heures que tu te trouvasses dans la même position.

Laure, pénétrée de reconnaissance envers l'amie qui la préservait de la ruine, pria son père de la conduire à l'instant chez elle afin de la remercier, et lorsqu'elle se trouva en présence de cette bonne petite vieille dont l'extérieur était d'une simplicité austère, dont le visage était plutôt laid que beau, elle lui sauta au cou et la couvrit de caresses. Elle avait tout à fait oublié alors le sentiment de dédain qui jadis lui faisait dire : Je ne voudrais pas l'embrasser.

Le soir même, comme M. Vilman parut, elle l'introduisit au salon avec tant de politesse, que celui-ci, charmé, lui tendit une main qu'elle accepta de tout son cœur. Cette dernière leçon avait été si forte qu'elle se grava à jamais dans son esprit. Ses manières devinrent également affables avec le pauvre et le riche, et lorsqu'elle était tentée de regarder quelqu'un avec hauteur, elle se souvenait à qui elle devait sa sécurité et celle de son père, et revenait aussitôt à de meilleurs sentiments. Pour M. Darvil, il est bien heureux de voir sa fille entièrement corrigée et suivant la recommandation que nous fait Jésus par la voix de l'Apôtre, qui est de n'avoir point égard à l'apparence des personnes.

LES CONVOITISES DE FRANÇOIS

Tu ne déroberas pas.
Deut. v, 19.

François était le fils unique de riches paysans. Il fallait voir la belle ferme qu'il habitait ! Au levant, les fenêtres ouvraient sur une large galerie où séchaient les fruits au soleil d'automne. Là s'étalaient sur des planches des prunes fleuries, des quartiers de pommes et des poires jaunes et parfumées. Puis on les tapait, puis on leur faisait sentir le four, et tout l'hiver on se régalait de fruits secs. Au midi se présentait un jardin bien gai et bien chaud, paré de roses à cent feuilles, de giroflées, de beaux lis blancs plantés au milieu d'un carré de choux, à côté des pois ramés et des haricots. Puis, adossé à un pan de mur, on voyait le rucher où bourdonnaient de nombreux essaims d'abeilles qui partaient en troupes pour la prairie, où elles récoltaient dans le bouton d'or, le narcisse et la fleur rose du sainfoin, un suc parfumé qui dans la ruche se convertissait en bon miel.

Maintenant on juge si François devait se trouver heureux! bien plus heureux que la plupart des autres enfants du village, qui n'avaient pas le quart de son bien-être, ou des parents si tendres et si généreux que les siens! Eh bien, François ne sentait pas son bonheur. Loin de là, il avait toujours envie de ce qui ne lui appartenait pas et qui, en général, était beaucoup moins joli que ce qu'il possédait. Recevait-il des fruits pour son goûter, la poire de Louis était deux fois grosse comme la sienne, disait-il. Lui donnait-on un fouet, le fouet d'Antoine était plus long et claquait mieux.

Ses parents, qui étaient très-occupés, ne s'inquiétaient pas beaucoup de son caractère et ne s'apercevaient pas de cette disposition ; malheureusement, car ils l'auraient combattue. Cependant la convoitise ne l'avait pas encore conduit au vol, le pauvre François ; mais c'en est la route directe.

Un jour qu'il passait avec son père près d'une vigne, il vit une grappe pendant sur un petit mur peu élevé, à la portée de sa main.

— Père, dit-il en arrêtant le paysan, regarde le

beau raisin! J'aimerais bien en avoir. Comme il doit être bon!

— Je t'en donnerai à la maison, répondit son père.

— Je désire cette grappe, père ; nous n'en avons pas de si belle.

— Qu'est-ce que tu me chantes, petit? Celle-ci n'a rien d'extraordinaire. D'ailleurs, pour rien au monde je ne mettrais la main sur ce qui ne m'appartient pas.

François, à ces paroles, baissa la tête et essaya de ne plus songer à la grappe. Rentré chez lui, son père lui en donna une bien longue et bien dorée; mais le petit garçon la jugea très-inférieure à celle de la vigne, et dès lors il conçut un vif désir de se l'approprier. Il y songeait si fort le soir en mangeant sa soupe, que sa mère lui adressa deux fois la parole sans qu'il répondît, de façon qu'elle lui dit tout haut :

— Eh! mon gars, à quoi penses-tu?

A cette question, le petit garçon rougit vivement et resta tout confus, ce qui aurait dû l'avertir combien ses désirs étaient coupables, puisqu'au lieu de les avouer il en rougissait. Mais il ne réfléchit à rien de cela, au contraire : une fois au lit, il tourna et retourna son idée dans sa tête jusqu'à ce que le sommeil vînt fermer ses yeux. Il rêva qu'il était tout près du mur où pendait la grappe et qu'il allait l'atteindre, lorsqu'une voix dit : « Pour rien au monde je ne mettrais la main sur ce qui ne m'appartient pas ; » ce qui lui fit une terrible peur et l'empêcha d'approcher. Puis, se croyant seul de nouveau, il coupa la grappe ; mais en se retournant il vit sa mère qui pleurait en disant : « Mon fils est un voleur ! » De sorte que, tout attendri, il laissait tomber les raisins, et définitivement ne parvenait point à en goûter. Il se réveilla dans une grande agitation, et fut heureux que tout cela ne fût qu'un rêve ; et pourtant, le croirait-on? cela ne le détourna pas de son dessein.

Comme les rayons du soleil levant frappaient les vitres de la chambre qu'il partageait avec ses parents, il sauta hors du lit et demanda à descendre pour boire. Sa mère le lui ayant permis, François ouvre la fenêtre de la cuisine, sort par ce moyen, la porte étant fermée à clef, et court, les pieds nus, pour ne pas faire de bruit, jusqu'à la vigne voisine. Qu'il était beau le matin qui se levait sur la nature, et qu'elle était pure et fraîche la nature qui saluait le matin ! Les fleurs, tout humides de rosée, se tournaient du côté de l'astre radieux ; quelques oiseaux gazouillaient dans les chênes, et le soleil dorait les monts, les bois, les prairies, et buvait la rosée matinale. Mais qui aurait cru que ce soleil qui éclairait tant de belles choses éclairait aussi la mauvaise action d'un enfant, le premier vol d'un petit garçon? Oh! n'est-ce pas le cas de dire que le Seigneur fait luire son soleil sur les bons et sur les méchants?

François s'approche avec précaution, le couteau à la main, coupe la grappe, la cache dans sa poche et revient tout tremblant chez lui. Pourquoi trembler et fuir si vite? personne n'est par les chemins à cette heure. Pourquoi tressaillir au bruit d'un oiseau qui s'envole? l'oiseau ne le dénoncera pas. Ah! c'est que François sent au dedans de lui une voix qui l'accuse; c'est cette voix qui l'effraye et qu'il voudrait bien étouffer. Aussi est-il content de se retrouver dans la cuisine, comme s'il se sentait à l'abri du châtiment.

Aussitôt qu'il put le faire en cachette, il mangea le fruit volé, qu'il trouva délicieux, et apaisa sa conscience par ce raisonnement : Qu'est-ce qu'une grappe de plus ou de moins?

Le pauvre François avait fait le premier pas, ce pas qui décide bien souvent de toute la vie. Il avait étouffé le murmure de sa conscience, et bientôt il s'habitua à prendre ce qu'il n'osait demander. Passait-il devant un sucrier rempli, il regardait s'il était seul et mettait un morceau dans sa poche, en se disant : Qu'est-ce qu'un morceau de plus ou de moins? Que d'enfants se tiennent ce détestable raisonnement lorsque la convoitise les entraîne, oubliant qu'aux yeux de Dieu le vol d'un centime est aussi coupable que le vol de vingt francs, et que ce qui les empêche de voler des choses considérables, c'est moins la crainte du Seigneur que celle du châtiment ?

Un jour, François s'était juché sur un char de foin que son père ramenait à la ferme. Tandis qu'assis comme un roi sur son trône, il regardait autour de lui ce qui se passait, ou stimulait d'un *yo-hu!* les gros chevaux qui le traînaient, il rencontra un jeune paysan qui se hâtait dans le sens inverse. Le père de François l'arrêta et lui demanda où il allait si vite.

— J'ai oublié les commissions de ma maîtresse, dit le jeune homme, une lettre et un paquet. Il faut que je me dépêche; j'ai laissé sous ce tas de foin un panier d'abricots de choix qu'elle m'a chargé de vendre à la ville.

A ces mots, François ouvre les oreilles; il voit d'ici le tas de foin, et tandis que son père est à la tête du cheval, il se laisse glisser le long du char jusqu'à terre et découvre le trésor caché. Il reste émerveillé de la beauté des fruits; mais le temps presse : il met le plus beau dans sa poche et recouvre le panier. En le recouvrant, il en aperçoit un autre dont la couleur est si appétissante qu'il s'en saisit encore, jusqu'à ce que, persuadé que ce n'est pas un de plus ou de moins qui nuira à la vente, il en prend un troisième. Après quoi il remet le panier sous le foin, rattrape le char et se hisse lestement sur le faîte. Arrivé chez lui, il aide son père à dételer les chevaux; mais ce qu'il souhaite, c'est de mettre la dent sur ces beaux abricots. Il s'éclipse aussitôt que possible, se cache dans le hangar au bois derrière une rangée de planches, et mord dans le fruit. Quel jus! quel parfum! François est ravi d'en avoir sa part, comme il dit; car enfin, se répète-t-il, c'est si peu de chose, trois abricots, que ce ne sera ni vu ni connu.

Le lendemain, comme il retournait au pré avec son père, la fourche sur l'épaule pour charger le foin, on rencontra le jeune paysan de la veille, que le père de François arrêta de nouveau en lui demandant s'il avait fait bonne vente.

— Une triste affaire, père Thomas, répondit le jeune homme. Ma maîtresse avait mis dans le panier, sous mes yeux, vingt-cinq abricots. Je les vends au premier hôtel de la ville trois sous pièce, comme elle me l'avait recommandé. Mais quand il s'agit de les compter là-bas, il n'y en avait que vingt-deux. Je les ai comptés et recomptés, il n'y en avait pas un seul de plus. Est-ce ma faute à moi?

Mais la bourgeoise n'entend pas de cette oreille; elle me demande :

« — Ah çà! Pierre, en avais-tu vingt-cinq ou vingt-deux?

« — Vingt-cinq, je lui dis; ça me semblait ainsi, du moins. Mais je donne ma parole que je n'en ai vendu que vingt-deux et que voilà tout l'argent que j'ai reçu.

« — Bah! reprend-elle en colère, tu ne me feras pas croire ça, Pierre. Tu as gardé neuf sous sur le compte, il vaut mieux l'avouer.

— Comprenez-vous, père Thomas, ce que c'est que de s'entendre traiter de voleur quand de sa vie on n'a pris seulement une épingle? Je suis devenu si outré que j'ai répondu je ne sais quoi, mais quelque chose de rude, j'en conviens. Là-dessus elle m'a donné mon congé sans vouloir entendre parler de raccommodement. Et pour trois abricots, père Thomas, me voilà à la porte, sans place, sans recommandation, car la bourgeoise ne manquera pas de dire tout haut que je suis un voleur.

A ces mots, la voix du pauvre Pierre s'altéra, et il quitta bien vite François et son père pour cacher son chagrin.

François était demeuré consterné; le mot de voleur, qui faisait le chagrin de Pierre, ce terme de grand mépris, c'est lui qui le méritait. Puis, ce n'était pas un de ces vols qu'il considérait comme sans importance qu'il avait commis, il avait fait tort de neuf sous; il n'y avait pas à dire, il avait volé de l'argent. Enfin voilà Pierre sans place, Pierre qui gagne pour soutenir sa mère infirme, le voilà sans pain, et c'est François qui en est la cause. Il ne peut endurer cette pensée; les abricots de la veille lui restent comme un poids sur le cœur. Il pleure en silence, il dîne à peine; ses parents commencent à le croire malade. Par moment la résolution de tout avouer le saisit. Il court vers sa mère, mais le courage lui manque pour dire : « Je suis un voleur! »

— Oh! pourquoi n'ai-je pas réfléchi? se dit-il amèrement, pourquoi n'ai-je pas réfléchi avant de mériter un tel nom? Que vais-je devenir? Que je suis misérable!... Le pauvre François savait maintenant ce que c'est que de pleurer en secret; car l'image de Pierre réduit à la misère ne le quittait pas, et ce triste résultat de ses fautes lui en faisait sentir la gravité. Pourquoi ai-je pris la grappe qui pendait sur le mur, pourquoi?... Si j'avais chassé cette pensée, il ne me serait pas venu celle de toucher aux abricots.

Il s'informait aussi souvent qu'il l'osait de ce qu'était devenu Pierre et écoutait avidement tout ce qu'on en disait. Un soir son père, après avoir bourré sa pipe, dit avec un ton de compassion :

— Ce pauvre Pierre, il va quitter le pays, quoique sa mère n'ait que lui dans ce monde. Il ne trouve plus à se placer ici. Les nouveaux propriétaires de la scierie l'auraient employé sans la mauvaise note qu'il s'est faite chez son ancienne maîtresse. Mais ils veulent un garçon de confiance et ont refusé Pierre. Sa mère est dans un chagrin qui fait peine à voir.

Le père Thomas sortit en achevant ces mots comme si ce sujet lui était pénible, et sa femme, qui avait bon cœur, s'écria :

— La pauvre mère !... Il faudra prier pour elle.

François ne put en entendre davantage; il tomba à genoux en sanglotant.

— Qu'as-tu donc, petit?... Qu'est-ce qui t'arrive, mon François? lui demanda la paysanne toute surprise.

— Mère, mère, gronde-moi !... punis-moi !... Je suis le voleur !... je suis le voleur !...

— Qu'est-ce qu'il dit? François, tu perds le sens. Que veux-tu dire?

— J'ai mangé les abricots !... que Pierre ne parte pas... j'ai mangé les abricots !...

François pleurait à chaudes larmes et sa mère consternée le regardait. Puis le relevant de force, elle le tint debout devant elle et lui demanda d'une voix grave :

— Est-ce à dire que tu as volé les abricots dans le panier de Pierre ?

Le petit garçon fit signe que oui et sa pauvre mère éleva les mains au ciel. Puis, comme par un grand effort elle reprit :

— Aurais-tu, malheureux enfant, l'habitude *de dérober?*... As-tu dérobé d'autres choses?

François au supplice garda le silence ; mais sa mère comprit la vérité et s'écria en fondant en larmes.

— Malheureux enfant ! mon Dieu, j'ai un fils voleur !...

C'était comme dans le rêve de François. Il n'aurait jamais cru qu'un tel rêve pût se réaliser, et cependant il souffrait plus encore qu'il n'avait souffert en songe.

— Je me corrigerai, mère! je me corrigerai, je te le jure. Seulement, je t'en prie, n'en parle à personne ; j'en aurais trop de honte.

— On saura qui a dérobé les abricots de Pierre, car il s'agit de rétablir sa réputation et de réparer ta faute. Laisse-moi ; dès à présent, je vais chez sa mère. Ah ! c'est à elle, maintenant, à prier pour moi !

Les fatales conséquences de la faute de François lui firent naturellement la plus forte impression; et s'il se réjouit de tout son cœur de voir Pierre justifié et heureux chez ses nouveaux maîtres, l'air triste et défiant de sa mère le rendait très-malheureux.

— Mère, mère! j'ai été si puni, ne veux-tu pas me pardonner? lui disait-il un jour en pleurant.

— Mon enfant, il faut avant tout que je sache si tu es vraiment corrigé, car j'ai toujours peur que tu ne retombes dans la tentation.

— Mais, ma mère, si je prie Dieu tous les jours, et si tu lui demandes aussi de me préserver de la tentation, ne crois-tu pas qu'il m'en préservera?

Le ton de François était si pénétré, son regard si suppliant, que la bonne mère vit bien que son petit garçon était véritablement repentant, et elle consentit à l'embrasser.

De ce jour, François chercha sérieusement à résister à la convoitise. Il apprit à se contenter de ce qu'il avait et à ne plus regarder d'un œil d'envie ce que possédaient les autres; et lorsque la tentation devenait trop forte, lorsqu'un fruit ou autre chose le séduisait trop, il en fuyait bien vite la vue, résolu à ne plus mettre en oubli ce commandement du Seigneur : Tu ne déroberas pas.

LA PREMIÈRE PLACE

Parez-vous d'humilité.
I. Pierre, v, 5.

— Quel plaisir! disait un jour Cécile à sa mère, quel plaisir! c'est dans un mois la distribution des prix : j'espère bien en remporter plusieurs des premiers.

Madame Dostange parut moins satisfaite de cette espérance que sa fille ne s'y attendait.

— Mais, maman, poursuivit-elle, ne seras-tu pas contente de me voir couronnée trois ou quatre fois? ne désires-tu pas que je sois toujours la première dans mes études?

— Ma fille, je ne désire que tu sois la première nulle part.

— Comment! tu me l'as dit cent fois, maman, s'écria Cécile avec un geste d'impatience.

— Tu m'as fort mal comprise. Mon vœu sincère est que tu sois appliquée à ton travail, et que tu remplisses tes différents devoirs aussi bien qu'il t'est possible. Mais quand les prix sont le seul but de ton zèle, quand ton ardeur à l'ouvrage n'a d'autre mobile que le désir d'être la première entre tes compagnes, je ne saurais t'approuver, car tu es bien éloignée de pratiquer le commandement divin : Parez-vous d'humilité.

Cécile baissa les yeux d'un air d'humeur, et madame Dostange continua :

—Te le dirai-je, mon enfant? à mes yeux l'humilité est tellement la plus aimable des vertus, que j'aimerais mieux voir ma fille privée de toutes distinctions, et penser qu'elle fait des progrès en modestie et en piété.

Cécile ne répondit rien, ne se souciant pas de prolonger l'entretien, et sentant au fond que les reproches de sa mère étaient mérités ; qu'elle travaillait par amour-propre plus que par goût pour l'étude. Seulement, elle ne concevait pas que sa mère ne fût pas très-fière d'une telle fille.

—Car enfin, se disait Cécile, je suis toujours la première partout ; je joue du piano mieux qu'aucune de mes amies. L'autre jour Élisa était bien glorieuse d'avoir une robe neuve et des gants clairs, mais quand le moment est venu de jouer nos rondos, c'est moi qui ai reçu le plus d'éloges, et personne n'a fait attention à elle, malgré sa jolie parure. Aussi comme elle était piquée! Elle a dit qu'elle ne jouerait de sa vie. J'en ai bien ri en secret.

On conçoit qu'avec un tel caractère Cécile n'était guère aimée de ses compagnes, son plus grand plaisir étant d'en triompher. Jamais elle ne montrait de sympathie à celles qui, malgré beaucoup d'efforts, rencontraient des échecs ; jamais une douce compassion à celles qui avaient moins d'aptitude ou moins de facilité. Aussi l'idée ne venait-elle à personne de réclamer son secours. Une petite élève avait-elle omis quelques mots à la dictée, ce n'est point Cécile qu'elle priait de les lui dire. Une autre avait-elle besoin de quelque explication après la leçon d'un maître, ce n'est point à Cécile qu'elle l'aurait demandée, tant on savait que sa première pensée serait : Je suis plus intelligente, plus avancée que vous.

Elle avait pour compagne de classe une petite fille dont le caractère avait beaucoup de rapport avec le sien. Seulement, ne réussissant pas si bien dans l'étude, Élisa tâchait de briller et de surpasser les autres au moyen de la parure. Avec quel soin elle arrangeait en boucles ses beaux cheveux; avec quel plaisir elle produisait une nouvelle robe ou un chapeau neuf, c'est ce que tout le monde savait, et ce dont on riait, quoique en secret plus d'une enviât ses jolies toilettes. Cécile, dont la mère n'était pas riche et qui n'aurait pu rivaliser avec son amie, affectait un grand dédain pour cette élégance, bien certaine que, dès qu'elle se mettait au piano ou déployait son savoir, elle éclipsait totalement la pauvre Élisa.

Ainsi ces deux petites filles luttaient chacune de leur côté pour obtenir la première place dans l'attention générale, oubliant tout à fait combien le rôle opposé nous est recommandé dans l'Évangile : Parez-vous d'humilité.

N'aspirez pas à des choses trop élevées.

Que celui qui voudra être mon disciple soit le serviteur des autres.

Celui qui s'élève sera abaissé.

Et tant d'autres déclarations qui devraient nous attacher à une constante modestie.

Le jour de la distribution des prix arrivé, Cécile, dans l'exaltation de la joie et la certitude du succès, se tenait près de l'estrade avec ses compagnes. Il y avait près d'elle une petite étrangère, externe dans le pensionnat, qui évitait si bien de se mettre en avant que personne ne faisait attention à elle. Elle récitait couramment ses leçons, lisait et écrivait avec une grande correction ; mais sa facilité passait inaperçue, parce qu'elle n'en tirait nulle vanité.

Le professeur chargé de délivrer les prix était assis près d'un table couverte de couronnes et de livres. Il nommait à haute et intelligible voix le lauréat qui s'élançait sur l'estrade pour recevoir la couronne et les livres. Oh ! comme tous ces petits cœurs battaient d'émotion et d'espérance dans l'attente des noms qu'on allait prononcer! comme celles qui avaient travaillé pour l'amour de la gloire et non pour l'amour du devoir et de leurs parents se préparaient de cruels désappointements!

— Premier prix de géographie... articula le professeur, mademoiselle Cécile Dostange !

Cécile s'y attendait, de telle sorte qu'elle accourut sans hésiter et reçut le prix avec une assurance qui surprit les spectateurs.

— Cette petite fille peut être fort habile, fit observer une dame, mais je devine chez elle un caractère qui ne me plairait nullement dans mon enfant.

Cécile revint à sa place, bien certaine de la quitter bientôt pour être de nouveau couronnée.

— Premier prix d'application! commença le professeur.

Tous les regards se portèrent sur Cécile qui, un pied en avant, l'œil brillant, se disposait à s'élancer.

— Mademoiselle Hélène Vernon!

La stupéfaction de Cécile fut grande. Quoi! cette petite étrangère qu'elle regardait de si haut l'emportait sur elle! Les yeux se dirigèrent sur la gentille Hélène, rouge et interdite, puis sur Cécile avec une expression qui la blessa au vif.

— Second prix d'application, mademoiselle Cécile Dostange!

Cécile aussi humiliée du second rang qu'une autre en aurait été reconnaissante, alla recevoir son prix à pas comptés et remercia à peine.

— Premier prix d'histoire, mademoiselle Vernon!

— Premier prix d'orthographe, mademoiselle Vernon!

Cécile n'y comprenait plus rien. Son premier mouvement était toujours de répondre à cet appel: Premier prix! et toujours elle devait rester en arrière. Elle eut quelques seconds prix qu'elle accepta avec des larmes de dépit dans les yeux.

Elle lançait à son heureuse compagne des regards si pleins de jalousie, que la pauvre Hélène, devinant la souffrance qu'elle causait, était presque mal à l'aise d'être si souvent proclamée pour les premiers prix, et volontiers aurait cédé à Cécile la moitié de ses couronnes.

Aussitôt la distribution terminée, on combla Hélène de félicitations, tandis que Cécile rentrait chez elle pour dégonfler son cœur.

— Que je suis contente que ce soit toi et non pas cette insupportable Cécile! s'écria Élisa.

— Ne dis pas cela, répondit Hélène. Je t'assure que ces prix ne me font qu'un très-petit plaisir quand je songe que Cécile comptait dessus et a été si fort déçue.

— Mais c'est précisément ce qui me divertit, dit Élisa.

Hélène mit la main sur la bouche de sa petite amie.

— Chère Élisa, ne parle pas ainsi; chasse de ton cœur ce sentiment.

— Pourquoi? Cécile se réjouit toujours des échecs des autres.

— Vraiment! Pauvre Cécile! elle est bien à plaindre de désirer être la première.

Élisa rougit, sachant que cette pitié pourrait tout aussi bien s'adresser à elle.

— Pourquoi donc est-elle à plaindre? s'écria-t-elle.

Hélène sourit et l'entraîna dans le jardin. Lorsqu'elles furent seules, elle reprit :

— On est à plaindre, chère Élisa, lorsqu'on veut à toute force la première place parmi les hommes, parce qu'on risque de perdre sa place dans le royaume des cieux.

Élisa la regarda avec respect.

— Mais enfin, dit-elle après un instant de silence, tu es la première de nous toutes, aujourd'hui, et cela doit pourtant te faire plaisir.

— Je suis bien aise d'avoir mérité l'approbation de mes maîtres, mais je sais très-bien que je ne suis pas la première de mes amies. Car si j'ai peut-être plus de facilité pour l'étude, j'ai moins d'autres qualités; les unes ont plus de raison, les autres plus de douceur. Elles valent mieux que moi sous beaucoup de rapports.

Combien Élisa se sentait de tendresse pour cette amie si humble et si pieuse !

— Chère Élisa, je donnerais volontiers toutes mes couronnes d'aujourd'hui pour être certaine d'en avoir une auprès de Jésus dans le ciel. Aussi combien je prie le Seigneur de m'enlever tous les avantages que je puis avoir, s'ils doivent m'inspirer cet orgueil qu'il condamne et qui nous empêche d'être ses enfants !

Élisa l'embrassa de tout son cœur.

— Ainsi, Hélène, dit-elle, tu penses que pour aucune chose, ni pour la beauté, ni pour le savoir, ni même pour la vertu, nous ne devons souhaiter la première place?

— Non, car il est bien certain que la vanité nous éloigne de Dieu. C'est du moins ce que me répétait souvent maman. Elle m'a dit plus d'une fois : Ma fille, ne cherche point à te faire remarquer ; remplis ton devoir tout simplement. Pourvu que Dieu et tes parents soient contents de toi, cela suffit.

— Eh bien, Hélène, je te l'avouerai à toi qui es si bonne, je désire être remarquée pour quelque chose ; devine pour quoi?

— Pour ton extérieur, peut-être, dit Hélène en souriant.

— Oui, c'est vrai, répondit Élisa qui rougit beaucoup.

— Bonne Élisa, reprit Hélène, n'y pense pas; sois libre de ce souci qui rend malheureuse et donne souvent de mauvaises pensées.

Élisa quitta son amie, touchée et pensive. Il lui semblait qu'un nouveau jour se faisait en elle et que le bonheur qu'elle avait cru trouver dans la recherche de l'attention d'autrui était dans une voie toute contraire. Elle se dit qu'Hélène paraissait heureuse, elle, non parce qu'elle avait eu des prix et était la reine du jour, mais parce qu'elle pardonnait à Cécile son dépit, qu'elle plaignait Cécile et lui céderait sa place sans regret. Aussi Élisa, envieuse de cette vraie joie, demanda-t-elle à Dieu, dès le soir même, de suivre l'exemple de son amie, d'apprendre à être humble et à accepter avec reconnaissance la place que le Seigneur lui avait faite.

Pendant ce temps, Cécile versait des larmes amères, et appelait malveillance, injustice, ce qui aurait comblé de joie de moins orgueilleuses. Elle ne pouvait pas regarder ses seconds prix et les serra dans une armoire qu'elle ferma à clef. Sa pauvre mère était navrée de voir l'amour-propre tenir une si grande place dans le cœur de Cécile.

— C'est une leçon d'humilité, ma fille ; remercie Dieu de ce qu'il veut te corriger, car tu as un grand orgueil. Tu es bien loin de l'humilité que prêche l'Évangile.

Cécile, incapable d'écouter de si justes avertissements, retourna avec dégoût à ses études, parce qu'elles ne lui avaient pas donné tout le succès qu'elle en attendait. Elle parut en classe triste et abattue, se disant que ses compagnes saisiraient cette belle occasion de se venger de ses dédains et qu'Élisa, en particulier, la raillerait sans pitié. Mais quelle fut sa surprise en trouvant chez celle-ci un accueil aimable et bienveillant! Élisa ne fit aucune allusion à la distribution des prix, et sa compagne remarqua bientôt combien son caractère avait changé; elle nota surtout une absence de recherche et de prétention dans toutes ses manières qui étonnait et charmait.

— Élisa a donc renoncé à se faire remarquer? se dit Cécile. Cela lui sied mille fois mieux; elle n'est plus la même et obtient l'amitié de tout le monde. Moi aussi, je désire me faire remarquer, mais c'est par le savoir et non par la parure, c'est bien plus relevé. Cependant Hélène, qui est si instruite, évite d'attirer l'attention; c'est ce qui fait qu'on ne peut s'empêcher de l'aimer.

Cécile réfléchit longtemps à ce sujet, s'avouant qu'Hélène savait se faire pardonner son esprit et son savoir. Pourquoi cela?

— Ah! se dit Cécile, c'est qu'elle n'en tire pas gloire, et qu'elle les cache de son mieux. Élisa imite Hélène, c'est ce qui rend son caractère si aimable à présent. Elle paraît contente que je joue bien, que je passe de bons examens. Resterai-je la seule orgueilleuse? Oh! si je pouvais me corriger, ce serait le bonheur de maman.

Quelques jours après, comme Cécile suivait Élisa dans le jardin à l'heure de la récréation, cette dernière lui dit :

— Eh bien, Cécile, l'éloge que t'a donné le professeur d'histoire doit beaucoup t'encourager et te faire grand plaisir?

— Non, pas comme autrefois, car maintenant mon ambition est bien moins de briller que d'obtenir cette amitié qu'on vous accorde, à Hélène et à toi.

— Chère Cécile, permets-moi de te le dire : en amitié même, il ne faut pas chercher la première place.

— Quoi! tu aurais renoncé en toutes choses à cette place que tu désirais si fort?

— J'essaye du moins d'y renoncer, quoique ce soit difficile. Je ne veux plus d'autre parure que celle d'Hélène. Elle donne un si bon exemple en ne se parant que d'humilité!

LE FILS DU PAYSAN

Honore ton père et ta mère.
Exode, xx, 12.

Sur le penchant d'une colline, non loin de la petite ville de***, se dessinait, riante et proprette, une simple maison de paysan. Il n'y avait là ni étable peuplée de vaches, ni basse-cour, ni dépendance pour entasser les récoltes. Un jardinet dont chaque petit carré était soigneusement cultivé, où les légumes se succédaient selon la saison, un petit bout de vigne et quelques poulets courants, formaient toute la richesse de l'humble chaumière.

Et cependant, à bien des lieues à la ronde, on n'aurait peut-être pas trouvé des gens aussi heureux que ceux qui l'habitaient. C'étaient un homme et une femme, autrefois domestiques au château qu'on apercevait à quelque distance. Ils s'étaient mariés à un âge déjà avancé, et n'avaient qu'un fils qui faisait toute leur joie.

Il méritait bien de faire le bonheur de ses parents, ce gentil petit Germain, avec sa physionomie intelligente et sensible, ses mouvements adroits et prompts, son esprit éveillé, son aptitude au travail, mais surtout à cause de la tendresse pleine de respect qu'il portait aux auteurs de ses jours. Le dimanche, à l'église, il était un commandement qu'il aimait surtout à entendre prononcer, c'était : Honore ton père et ta mère. Comme il trouvait facile et doux de le remplir ! Il lui semblait que rien ne lui coûterait pour prouver à ses chers parents tout l'amour qui gonflait son cœur.

Un jour qu'il revenait de l'école, il accourut tout glorieux vers son père, qui bêchait un carré de choux.

— Père, père ! cria-t-il, regarde ce que j'ai écrit moi-même ! Le maître m'a dit qu'il n'y avait point de faute dans toute cette page ; il m'a donné sur la joue une bonne tape en signe de contentement. Lis, père, lis, je t'en prie. Et il mettait sous les yeux du paysan la fameuse pièce d'écriture.

Celui-ci hésita un moment à la prendre. Pourquoi cela ? S'il ne savait pas lire, il pouvait en faire semblant, car il est humiliant pour un père de convenir qu'il en sait moins que son enfant. Mais le bon Phillibeau était avant tout un homme loyal, et il jugeait que faire un mensonge à son enfant était bien plus honteux que de ne pas savoir lire; aussi lui répondit-il avec douceur et dignité : Mon enfant, je ne sais pas lire.

Germain ouvrit de grands yeux.

— Tu ne sais pas lire, père? Comment ça se fait-il?

— Dans ma jeunesse, les écoles n'étaient pas si répandues qu'aujourd'hui, et puis les temps étaient malheureux.

— Vraiment, pauvre père! les temps étaient malheureux, c'est pourquoi on ne t'a pas appris à lire? Oh! que je suis content que les temps ne soient plus malheureux et que tu veuilles bien me faire apprendre à lire! Père, père, que tu es bon!

Germain jeta ses bras autour du cou du brave homme et l'embrassa de toutes ses forces. Il était si reconnaissant que son père prit plus de soins pour lui qu'il n'en avait reçu lui-même!

Le maître du château rencontrait quelquefois son ancien domestique et l'arrêtait pour lui demander des nouvelles de sa famille. Dans une de ces occasions, Phillibeau fut bien heureux de lui montrer la page d'écriture de son Germain, qu'il conservait dans la poche de son gilet quoiqu'il ne pût pas la lire.

— C'est fort bien, fort bien ! s'écria M. de Villemont, votre fils annonce de grandes dispositions.

— Monsieur est bien bon, dit le paysan en touchant son chapeau d'un air flatté.

— Vous êtes heureux, mon cher ami, reprit M. de Villemont avec un soupir. Moi qui ai un fils de l'âge du vôtre, je le comble de soins, je lui donne pour précepteur un savant ; eh bien, il ne fait rien, il ne veut pas travailler, il ne tient nullement à devenir un homme distingué.

— Ah ! monsieur, c'est bien naturel, répondit Phillibeau, M. Anatole, lui, n'a pas besoin d'être instruit pour être un homme qui compte, avec son nom, sa fortune !...

— Eh ! mon ami, qu'est-ce que cela, si l'on reste un fainéant ? Mais je vous prie, amenez-moi Germain dimanche après-midi, je serai charmé de faire meilleure connaissance avec lui.

Ainsi fut fait. Par un beau jour de mai, Germain s'engageait avec son père dans l'avenue de marronniers qui conduisait au château. Il était émerveillé de tout ce qu'il voyait : de la belle grille ornementée de la terrasse, de la serre où croissaient mille plantes rares, des touffes d'orangers qui embaumaient l'air. Oh! quel séjour! quel beau séjour! se disait-il.

Comme ils approchaient de la maison, ils aperçurent M. de Villemont qui s'avançait au-devant d'eux et qui les reçut avec une grande bienveillance. Il les introduisit dans son salon et Germain avait bonne envie d'ôter ses souliers à clous pour ne pas ternir le parquet brillant. Mais bientôt, il ne songea plus qu'à admirer les riches tentures, les tableaux, les glaces, qui ornaient la salle, et se trouvait tout étonné de rencontrer son image reflétée dans un miroir, dès qu'il faisait demi-tour à droite ou à gauche. Au même instant parut Anatole, un sabre à la main, ce qui surprit beaucoup le petit paysan.

— Montre les tableaux à Germain, lui dit M. de Villemont, en remarquant avec quel intérêt celui-ci les contemplait.

— Bah! dit Anatole, Germain aimera mieux jouer avec Médor et lui voir faire des tours d'adresse.

Il ouvrit la porte et appela : Médor! Médor!

Aussitôt s'élança un magnifique chien de Terre-Neuve qui se coucha aux pieds de son jeune maître. Germain était en admiration devant le bel animal et ne se lassait pas de le caresser; tandis qu'Anatole considérait son chien avec un regard qui révélait plus de volonté que d'esprit, et une bouche sérieuse, déjà habituée, semblait-il, à commander.

— Ces deux enfants paraissent faits pour vivre ensemble, dit M. de Villemont, qui les étudiait avec intérêt.

— Oh! monsieur, s'écria le brave Phillibeau un peu embarrassé, il n'y a guère de rapport dans leur éducation.

M. de Villemont appela Germain et lui adressa sur les leçons qu'il recevait à l'école des questions auxquelles l'enfant répondit d'un air timide, mais avec beaucoup de clarté.

— Tu m'as l'air de préférer l'étude à l'agriculture? lui dit-il en souriant.

— C'est vrai, monsieur, répondit Germain un peu confus.

— Ce n'est pas un reproche que je te fais, mon enfant, dit M. de Villemont; chacun est doué de facultés spéciales.

Puis se tournant vers Phillibeau :

— Il en saura bientôt plus que père et mère, ajouta-t-il enchanté du petit garçon.

— Ah! monsieur, ce n'est pas difficile, repartit le paysan en hochant la tête.

Le gentil Germain ne put entendre ces mots

tranquillement. Il s'élança au cou de son père et le regardant en face, il lui dit avec vivacité :

— Oui, père, c'est difficile, car tu sais planter, tu sais semer, labourer ; tu sais dans quelle saison viennent les pois, les carottes, le seigle, l'avoine, et moi, je n'en sais rien !... Et puis, quand je te demande la date du mois, tu me dis : Petit, nous tenons le 10, ou le 12, ou le 20... O père, tu sais tant, tant de choses !...

Germain s'arrêta tout essoufflé de sa véhémence, et son père lui pinça l'oreille avec tendresse. Pour M. de Villemont, il regardait Germain d'un air ravi, et après avoir dit à son fils de l'emmener jouer au jardin, il se tourna vers le paysan et commença ainsi :

— Mon cher Phillibeau, j'ai à vous féliciter. Si votre fils avait de grandes dispositions pour l'étude et pas autre chose, je ne vous ferais pas la proposition dont je désire vous parler ; mais il y a en lui des sentiments que je viens de découvrir et qui valent mieux que tout le reste.

Phillibeau, qui connaissait le cœur de son enfant, regarda M. de Villemont avec des yeux humides de larmes.

— Mon cher ami, dit celui-ci en posant sa main sur le bras de son ancien serviteur, votre fils a une intelligence supérieure, croyez-moi ; j'en ai pu juger, et il serait heureux pour lui qu'il reçût une instruction plus approfondie que celle qu'il reçoit à l'école du village. De mon côté, je désirerais donner à Anatole un camarade d'étude qui le stimulât et lui donnât le goût du travail. Je vous serais donc très-reconnaissant si vous consentiez à ce que Germain devînt l'émule de mon fils. Il va sans dire que s'il répond à ce que j'attends de lui, je l'aiderai bien volontiers à se faire une position.

Quelque avantageuse que fût cette offre, Phillibeau hésitait à l'accepter, tant il lui coûtait de se séparer de son cher enfant, et tout en remerciant M. de Villemont, il lui demanda la permission d'en causer avec sa femme. Sur le chemin du retour, Germain ne cessa de raconter à son père tout ce qu'il avait vu et ce qu'il avait fait. Il parla surtout d'Anatole avec admiration. Mais son père ne répondait guère à ces récits; il était si préoccupé, qu'il demeurait silencieux, à la grande surprise du petit garçon.

Une fois le pot de soupe achevé, Germain demanda à ses parents le baiser du soir et alla s'étendre dans son petit lit, où il s'endormit paisiblement. Ce fut alors que le père Phillibeau fit part à sa femme de la proposition de M. de Villemont.

— Quel bonheur Dieu nous envoie! s'écria la mère de Germain.

— Trouves-tu? dit son mari. Je pensais que cela te ferait du chagrin de te séparer du petit.

— Ah! ça va sans dire! reprit Jacqueline en s'essuyant les yeux du coin de son tablier; mais si c'est pour le bien de l'enfant...

— Sera-ce réellement pour son bien? J'ai peur que M. de Villemont n'en fasse un beau monsieur qui dédaignera ses pauvres parents qui ne savent ni lire ni écrire.

— Quelle opinion as-tu de notre enfant? dit la mère presque fâchée. Ah! je le connais mieux que toi. Tout petit, il a honoré son père et sa mère, et je suis bien sûre que son cœur ne changera pas.

— Allons, puisque c'est ton avis, je le conduirai après-demain chez M. de Villemont.

Une fois l'arrangement conclu, la pauvre Jacqueline ne fut plus si contente. Comment s'habituer à vivre sans son Germain? à ne plus le voir revenir tout joyeux de l'école? à ne plus l'entendre chanter, siffler, animer la maison de sa gaieté? Elle ne savait trop ce que serait la journée sans lui.

Quand on fit part à Germain des projets de M. de Villemont à son égard, il sauta de joie, ce qui surprit un peu sa mère.

— Tu te réjouis bien d'avance, mon garçon, lui dit-elle, il ne faut pas t'imaginer que ce sera tout plaisir.

— O mère, je le sais bien, mais de cette manière, je deviendrai plus vite riche, et alors j'achèterai un grand pré pour le père, et des vignes, et des champs et des vaches ; et toi, mère, tu auras une servante et tu te reposeras. Tu verras comme tu seras heureuse !

— Tout cela est bel et bon, mon Germain. En attendant nous serons bien longtemps séparés. Et la pauvre Jacqueline, qui avait le cœur gros, fondit en larmes.

Le petit garçon devint tout triste à la vue de ce chagrin.

— Mère, pourquoi donc m'éloigner de toi si cela te fait de la peine ? dit-il.

— C'est pour ton bien, mon petit.

— Oh ! je me moque de mon bien ! J'aime quatre fois mieux te voir contente.

— Et tous tes projets de fortune, lui dit sa mère avec un sourire, les as-tu oubliés ?

Germain songea un moment.

— C'est vrai, mère, je les avais oubliés, mais je te dis que j'aime mieux te voir contente.

— Cher petit, le père et moi, nous avons décidé de nous séparer de notre Germain, puisque c'est pour son bonheur à venir. Sois donc heureux sans arrière-pensée, car si tu te conduis bien, si tu continues à honorer tes parents, nous ne demanderons rien de plus ; que Dieu te bénisse et te préserve du mal, mon garçon !

Quelques jours après, Germain se trouvait installé au château et présenté au précepteur d'Anatole. Les leçons commencèrent, et Germain ne tarda pas, à force d'application et de zèle, à dépasser son condisciple. Il montrait surtout pour les sciences naturelles, la botanique, la chimie, une aptitude qui frappa le professeur, et comme c'était un homme très-versé dans ces différentes branches, il se plut à y pousser son élève.

Ce n'était plus le petit paysan en veste de futaine, aux manières rustiques ; Germain s'était vite façonné à de nouvelles habitudes, et ne faisait point disparate avec Anatole, soit à la table de ses protecteurs, soit au salon, quand les amis de M. de Villemont demandaient à voir les deux enfants. Mais ce qui était bien resté le même, c'était son cœur. Il fallait le voir, le dimanche, se rendre presque en courant à la maisonnette où l'attendaient pleins d'impatience Phillibeau et sa femme. Il fallait le voir combler de caresses ses bons parents, puis écouter leurs conseils avec une attention et un respect qui, loin de diminuer, étaient plus profonds que jamais. Et de retour au château, comme il aimait à entretenir son ami de tout ce que son père lui avait dit et des recommandations de sa mère!

Un jour que plusieurs jeunes garçons étaient venus de la ville passer quelques heures au château, comme cela arrivait souvent, le précepteur proposa une promenade dans la campagne, et voilà toute la bande joyeuse courant dans les prairies, explorant les bois, traversant à gué la petite rivière qui serpentait le long du chemin.

A un détour de la route, on vit venir de loin un homme marchant avec peine, car il avait sur le dos une hotte pleine d'herbes. A sa vue, Germain poussa un cri, prit son élan, et fut bientôt dans les bras du villageois. Les amis d'Anatole considéraient cette petite scène avec surprise, car ils ignoraient que ce Germain qu'ils traitaient en camarade fût le fils d'un paysan. Quant à lui, il revenait sur ses pas, escorté de Phillibeau et l'air si joyeux, que ses amis n'y comprenaient rien. Le précepteur, qui marchait à quelques pas derrière les jeunes gens, arrêta le bon paysan, et lui parla de Germain en termes si flatteurs, que le pauvre père en avait les larmes aux yeux d'attendrissement.

Aussitôt que l'on se fut séparé : — Qui est cet homme que tu traites si bien? demanda-t-on de tous côtés à Germain.

Celui-ci releva la tête et d'un air heureux et fier : — C'est mon père ! dit-il.

Son ton et son geste étaient si significatifs, que personne n'eût osé se permettre la moindre remarque, ni même une exclamation de surprise. Germain ne fit au contraire que monter dans l'estime de ses jeunes amis.

Avec les années le moment vint où les deux jeunes gens durent choisir une profession. Anatole, dont le caractère était martial, un peu turbulent et porté à commander, se décida pour la carrière des armes, disant qu'avant peu, il serait général. Pour Germain, il avait dans la tête certaines idées, mais il n'osait les avouer, tant il les croyait ambitieuses. Enfin, pressé par son excellent protecteur, il confessa que son désir le plus grand serait d'être médecin.

— Eh bien, mon cher ami, lui dit M. de Villemont, je serai charmé de t'aider à suivre une profession tout à fait de ton goût, car ton exemple a été salutaire à mon fils; dès qu'il t'a eu pour émule, ses dispositions pour l'étude se sont développées, et il a travaillé avec zèle en compagnie de son jeune ami. Il est donc bien juste que je t'en témoigne ma satisfaction. Tu entreras à l'École de médecine de Paris si tes parents y consentent.

Germain ne pouvait croire à un tel bonheur ;

mais ce fut surtout en présence de ses parents qu'il se livra à tous les transports de sa joie. Le père Phillibeau et sa femme n'eurent garde de s'opposer au désir de leur fils, et un mois après Germain était en route pour Paris.

Nous ne le suivrons pas pendant ses années d'études ; nous dirons seulement qu'il sortit de l'École de médecine de la manière la plus honorable, et que peu après son nom était celui d'un docteur distingué. Mais malgré l'attrait qu'avait pour lui la grande ville de Paris, son cœur le rappelait dans celle qui était à peu de distance du lieu de sa naissance. Il savait que ses parents ne consentiraient point à quitter leur maison champêtre pour habiter Paris, et il tenait à être à proximité de ces êtres si chers pour les entourer de soins et d'affection.

Il revint donc se fixer définitivement dans la petite ville de***, et s'y maria peu de temps après avec une jeune fille aussi modeste qu'instruite et bien élevée.

Aujourd'hui, Germain est l'époux le plus heureux et le médecin le plus distingué. Entouré et recherché par les premières familles du pays, il donne à son tour des fêtes charmantes et des dîners où chacun est heureux de prendre place. Mais toujours la place d'honneur est réservée à deux vieillards, un homme et une femme, dont l'air de dignité est rendu plus frappant par leur costume rustique. Peut-être n'est-ce point leur goût d'assister à ces dîners à la mode en compagnie de personnes dont la plupart leur sont étrangères; mais ils savent qu'ils feraient un grand chagrin à leur fils s'ils n'étaient les premiers dans toutes les fêtes qu'il donne. Puis ils sont si heureux de le voir admiré, estimé; si heureux de recevoir les félicitations qu'on leur adresse sur son grand mérite; si heureux des égards dont les entoure leur belle-fille, qui les aime et les respecte autant que son mari peut le désirer, qu'ils se soumettent tranquillement à paraître dans ces salons auxquels ils ne sont point accoutumés. Mais ce dont ils jouissent par-dessus tout, ce sont les fréquentes visites de leur fils. C'est alors qu'ils savourent la douceur du respect et de l'affection dont ils sont les objets. Comblés des tendres soins de leur enfant, entourés du bien-être, que, tout jeune, il rêvait pour eux, ils remercient Dieu du fond de leur cœur de leur avoir donné un tel fils, et répètent souvent à celui-ci les larmes aux yeux : — Mon fils, enseigne à tes enfants à pratiquer ce commandement : « Honore ton père et ta mère, » afin d'être sur tes vieux jours aussi heureux que nous le sommes.

LES

CINQUANTE FRANCS DE LÉONIE

Il y a plus de bonheur à donner qu'à recevoir.

Actes, xx, 35.

Personne n'aurait mis en doute cette assertion en voyant la jeune Clara distribuer à de pauvres enfants déguenillés ce qui lui restait de monnaie, puis, rentrée chez elle, faire sauter dans ses mains sa petite bourse vide avec plus de joie que si elle eût été remplie d'or.

— Déjà sans argent ! s'écria sa sœur Léonie d'un ton de pitié. Tu n'as vraiment aucune prévoyance. Avec quoi achèteras-tu le petit encrier dont tu as si grande envie?

Le visage de Clara s'assombrit un peu.

— C'est juste, dit-elle, je l'avais oublié. Mais toi qui es si riche, ajouta-t-elle en riant, tu me prêteras quelque chose.

— Non en vérité, dit Léonie; je suis décidée à ne plus te prêter, quand ce ne serait que pour te guérir de l'habitude de donner ton argent à tous les misérables que tu rencontres.

— J'espère bien ne jamais la perdre, répondit vivement Clara. Ce serait bien cruel de ne pas secourir de pauvres enfants qui ont faim ou froid.

— J'ai encore une bonne raison pour ne pas te prêter, reprit Léonie: lorsque je te demande l'argent que tu me dois, tu me réponds que tu n'en as plus, ou tu me renvoies au mois prochain, ce qui est fort désagréable.

— Eh bien, je me passerai de mon encrier. Bah! je n'en ai pas absolument besoin, après tout, tandis que je suis sûre que cette petite fille avait faim, et cela est bien triste quand on n'a pas un morceau de pain chez soi.

— Pour moi, dit Léonie en s'en allant, je ne crois pas un mot des contes que me font ces gens-là.

Telle était la différence de caractère existant entre deux sœurs jumelles qui avaient été élevées ensemble. Clara était pleine d'élan, de générosité. L'argent que lui donnaient ses parents ne lui semblait bon qu'à être dépensé, et quoiqu'elle eût souvent des fantaisies assez vives, il était rare que le contenu de sa bourse ne fût pas employé au soulagement ou au plaisir d'un moins heureux qu'elle.

Un jour, elle remarqua sur le visage de sa bonne une expression de tristesse dont elle lui demanda la cause.

— C'est ma mère, dit la bonne, qui m'écrit qu'elle a perdu sa chèvre, et cela la chagrine bien, parce qu'elle n'a pas les moyens d'en acheter une autre.

— Combien coûte une chèvre, ma bonne Marianne?

— Une quinzaine de francs, mademoiselle Clara.

— Eh bien, Marianne, attendez quelques jours. J'en recevrai vingt à Noël et je vous en donnerai quinze pour votre mère.

Un autre jour, une de ses petites amies dont les parents n'étaient pas riches, lui raconta qu'elle avait égaré ses gants et qu'elle serait obligée d'en acheter d'autres avec l'argent qu'elle destinait aux étrennes de son jeune frère.

— Chère Sophie, s'écria Clara, ne te prive pas du plaisir de donner des étrennes à ton frère. Tiens, voici mes gants qui sont presque neufs, ils t'iront sans doute. J'en ai de moins jolis que je porterai bien volontiers jusqu'à ce que je reçoive l'argent de mon mois.

On comprend si Clara était aimée de tous ceux qui l'entouraient.

Quant à Léonie, son grand plaisir était d'amasser sou sur sou, et de compter de temps en temps son trésor.

Malheureusement, ses parents qui louaient fort la générosité de Clara, s'amusaient de l'économie outrée de leur autre petite fille, car ils n'appelaient point ce penchant de son véritable nom : avarice. Cependant Léonie était bonne au fond, et lorsqu'elle était convaincue qu'il était bien de donner, elle s'y décidait ; mais ce n'était pas avec chaleur et avec joie. Puis elle s'habituait trop à croire que la plupart des gens n'étaient pas si malheureux qu'ils le disaient, de façon qu'elle refusait souvent de faire l'aumône, moins par dureté de cœur que parce qu'elle n'ajoutait pas foi aux plaintes d'autrui.

— Que je voudrais être à l'anniversaire de notre jour de naissance ! disait-elle un jour à sa sœur. Le plus grand de tous les plaisirs est certainement celui de recevoir.

— Moi, je pense que donner est plus agréable encore, dit Clara.

— Tu ignores la satisfaction d'avoir une jolie

somme à sa disposition, et de se dire que, si une chose belle et coûteuse nous plaisait beaucoup, on pourrait l'acheter tout de suite. Grâce à l'argent de ma fête, j'aurai cinquante francs; juge un peu! Je pourrais, si je voulais, acheter un manteau de soie pareil à celui de Julia, ou le livre d'estampes que nous avons admiré hier chez le marchand; ou bien encore un trousseau complet pour ma poupée, avec le lit à rideaux et la commode dorée. Mais je préfère encore garder mon argent.

— Tu seras bien heureuse d'être en possession d'une si belle somme, dit Clara. Si j'en étais maîtresse, je sais bien, moi, ce que j'en ferais. J'ai du regret d'avoir dépensé à mesure ce que j'avais, lors même que je ne pouvais refuser de donner ce que j'ai donné.

— Et qu'en ferais-tu? demanda Léonie... Quelque aumône mal placée. On te trompe, ma pauvre Clara. Sois sûre que les trois quarts du temps, tu es dupe de toute sorte de contes.

— Non, non! s'écria Clara. Si j'avais cinquante francs, je les donnerais à quelqu'un qui est bien malheureux et qui ne me fait pas de contes.

— De qui veux-tu parler?

— De la mère Mathurine.

— Et pourquoi donc est-elle si malheureuse?

— Elle a besoin d'une somme considérable qui

n'est pas complétée. Je lui ai promis tout l'argent que je recevrai à ma fête ; mais il lui manquera pour le moins cinquante francs.

— Ah ! elle ne se gêne pas, la mère Mathurine ! Une vieille femme qui a envie de cinquante francs !... C'est trop fort !

— Comment peux-tu juger sans savoir ? Elle a déjà amassé plusieurs centaines de francs ; mais si la somme n'est pas complète, cela ne lui servira de rien, et le moment approche.

Léonie ne put s'empêcher de regarder sa sœur avec intérêt, désirant en apprendre davantage. Mais Clara, peinée de son manque de sympathie, quitta la chambre sans dire un mot de plus.

Le jour de naissance arriva ; les cadeaux abondèrent. Ce fut une grande joie pour les deux sœurs ; Léonie en extase considérait ses présents. C'était un trousseau de poupée, un nécessaire à ouvrage ; c'était le livre d'estampes désiré ; c'était surtout un napoléon tout neuf que, ravie, elle serra dans sa petite boîte qui renfermait déjà trente francs ; et, en comptant ses jolies pièces d'or reluisantes, elle disait :

— Comment Clara peut-elle dire qu'il y a moins de joie à recevoir qu'à donner ?

Pendant ce temps, celle-ci courait chez Mathurine lui remettre l'argent qu'elle venait de recevoir. Elle trouva la pauvre vieille assise près de la cheminée, où quelques charbons s'éteignaient lentement. La bonne Clara fut tristement frappée du contraste qu'offrait la maison de fête qu'elle quittait avec cette cuisine froide et sombre où la vieille femme se tenait solitaire.

— Chère Mathurine, s'écria-t-elle, qu'il y a-t-il de nouveau? Que devient Jacques?

— Ah! ma bonne demoiselle, mon pauvre Jacques est dans le dernier désespoir! Il faut qu'il parte; la somme n'est pas suffisante pour acheter un remplaçant. Ah! maudite conscription! que n'a-t-il tiré un bon numéro! Il ne reverra pas sa pauvre grand'mère, c'est sûr. Elle mourra seule; il le sait bien, et c'est ce qui le désole.

Clara souffrait de ne pouvoir, d'un mot, changer ce chagrin en bonheur.

— Mais, chère Mathurine, n'y a-t-il pas moyen d'empêcher un tel malheur?

— Il s'en faut de cinquante francs, mademoiselle; je vous dis que c'est une chose finie. Qui voulez-vous qui prête à de pauvres gens comme nous? Ah! je mourrai bientôt quand Jacques sera parti; quand je n'aurai plus personne pour cultiver mon jardin et me dire de temps à autre une parole d'amitié.

En achevant ces mots, la vieille femme fondit en

larmes et se livra à une telle désolation que Clara disparut comme l'éclair, retourna chez elle, saisit la main de sa sœur et l'entraîna vers Mathurine. Léonie, ne comprenant rien à cette action, s'était laissé conduire tout en répétant : Qu'est-ce que cela veut dire ? Clara, où vas-tu ?... Mais lorsqu'elle fut en présence de Mathurine elle resta silencieuse. Celle-ci s'était essuyé les yeux et un si profond abattement, une si grande tristesse se lisaient sur sa figure, que Léonie en fut émue.

— Maintenant, s'écria Clara, doutes-tu encore que le chagrin soit véritable ? Elle perd son petit-fils qui a tiré un mauvais numéro et qui partira pour la guerre. Elle le perd parce qu'il manque cinquante francs à la somme voulue, et avec cinquante francs on empêcherait ce grand malheur. O Léonie, penses-tu que ce soit là un conte, une histoire faite à plaisir ?

Léonie baissait les yeux, un grand combat se livrait en elle. Aurait-elle bien le courage de sacrifier son trésor, ce trésor si précieusement conservé, ce trésor dont la vue lui est si douce, dont la destination est sa pensée favorite ? Mais aurait-elle bien la dureté de laisser s'accomplir une cruelle séparation, elle qui a les moyens de l'empêcher, puis de soutenir la vue d'une vieille femme brisée par le chagrin ? Non, car Léonie a reçu une éducation chrétienne; elle sait que Dieu nous demande de pareils sacrifices, et qu'elle n'oserait plus se dire enfant du Seigneur si elle restait insensible au malheur de son prochain. A pas lents avec un gros soupir, elle alla chercher sa petite boîte qu'elle versa sans mot dire dans le tablier de Mathurine. Son cœur était un peu gros et ses yeux ne brillaient pas de joie, car ce sacrifice lui coûtait beaucoup, beaucoup. Mais lorsqu'elle vit le bonheur presque extravagant de la pauvre grand'mère, lorsqu'elle la vit joindre ses mains ridées pour remercier Dieu d'un tel bienfait et appeler sa bénédiction sur ces chères petites demoiselles si bonnes, si généreuses, son cœur se dilata, elle sourit sans effort et comprit enfin la profonde joie qui accompagne une action de ce genre. Pour Clara, elle était partagée entre une vive reconnaissance pour sa sœur et la satisfaction bien grande de voir sa protégée tirée de peine.

Et lorsque toutes deux allaient à la promenade, Clara disait à Léonie :

— Voilà Jacques qui laboure le jardin de sa grand'mère. Comme il a l'air heureux! Chère Léonie, tu y es pour quelque chose. — Voilà Jacques qui mange sa soupe sur le banc devant sa porte. As-tu remarqué de quel air il nous a saluées? Il semblait dire : C'est grâce à vous! — Puis un jour :

Léonie, je veux t'apprendre une nouvelle : Jacques se marie et donne une bonne fille à son heureuse grand'mère. Mathurine me l'a annoncé en pleurant de joie et elle a ajouté : Dites à mademoiselle Léonie que le bonheur est entré chez nous avec elle.

— Mon Dieu ! s'écria Léonie en souriant, tandis que ses yeux se mouillaient de larmes, mes cinquante francs ne méritent pas tant de reconnaissance, car je n'ai pas agi avec élan, avec générosité, mais c'est qu'alors j'ignorais combien il y a plus de bonheur à donner qu'à recevoir.

LES MALHEURS

D'UNE PETITE FILLE HEUREUSE

... Le contentement d'esprit est un grand gain.
1 Tim. vi, 6.

Aurélie aurait été fort surprise si on lui avait dit qu'elle était une des plus heureuses petites filles de la terre ; si on lui avait démontré qu'entourée d'un père et d'une mère tout dévoués à son bonheur, de nombreux amis, d'une grande aisance, elle n'avait que des grâces à rendre à Dieu. Elle se serait écriée que toutes les petites filles étaient de même aimées, gâtées, heureuses, qu'elles ne possédait aucune félicité particulière, et qu'il serait plaisant que ses parents se séparassent d'elle et la missent en pension ou lui refusassent les petits plaisirs qui, à son avis, étaient tout naturels. Elle avait, à l'entendre, sa grosse part de contrariétés. La gentille cuisine construite exprès pour elle, garnie d'ustensiles mignons, en rapport avec sa taille d'enfant de dix ans, sa petite cuisine avait un immense inconvénient : le fourneau fumait par les temps de brouillard, et c'était toujours dans ces cas qu'il prenait à Aurélie l'envie de s'en servir. Impossible de se faire seulement une tasse de thé; toute la maison était informée que l'eau d'Aurélie n'avait pas voulu bouillir. La liste de ses malheurs ne s'arrêtait pas là. Ses poupées avaient une chambre trop petite ; elle ne savait où mettre les deux lits de ses filles, la commode et le lavabo ! Cette chambre faisait le désespoir et la confusion d'Aurélie; comment y introduire ses petites amies? Comment les inviter à s'asseoir pour y jaser agréablement? Impossible! Aurélie renonçait donc à les recevoir chez ses poupées. Grave sujet de désolation.

Au nombre de ses épreuves, Aurélie comptait encore celle de prendre des leçons la plus grande partie de la journée. Le soleil brillait; la matinée était fraîche et attrayante, la promenade aurait eu des charmes tout particuliers : il fallait garder la maison, car on attendait la maîtresse de musique, ou le maître d'écriture. Ces ennuyeuses leçons ! que de sacrifices ne lui avaient-elles pas coûtés, et à quelle fin ? Quelle nécessité y a-t-il à devenir savante ?

Et tandis qu'elle ouvrait son livre d'histoire ou de géographie, elle regardait de la fenêtre les petits vagabonds qui jouaient dans la rue. O les heureux enfants ! se disait-elle ; ils ne savent ce que c'est qu'un devoir !

Un matin on lui annonça une grande nouvelle : c'est que, depuis la veille au soir, elle avait une petite sœur. Quant à cela, c'était un vrai bonheur ; elle en convint. Mais lorsque la nourrice lui refusa formellement de lui laisser porter le petit enfant dont elle voulait s'emparer, elle fut de fort mauvaise humeur et déclara qu'une petite sœur ne valait pas une poupée. Puis le baby poussait des cris à vous rompre la tête, puis sa mère lui consacrait la plus grande partie de son temps... si bien qu'Aurélie s'avoua que l'arrivée de cette sœur qu'elle avait prise pour une joie était un véritable malheur.

— Je suis dégoûtée de ma sœur ! s'écria-t-elle un jour en entrant dans la chambre de madame Bellefond.

— Pourquoi cela, mon enfant ? demanda celle-ci fort surprise.

— Pour une foule de raisons.

— Dis-m'en au moins une ou deux...

— Sa bonne ne veut pas que je la porte, ni que je l'habille, ni que je lui mette des pastilles dans la bouche. — Cette sœur ne m'appartient pas du tout ! — Puis elle a un mauvais caractère ; elle crie à propos de rien ; puis tu la promènes dans la chambre pour l'endormir au moment où je voudrais te réciter ma leçon ou te jouer mon rondo ; enfin, il est clair que je n'ai plus qu'une moitié de maman, tandis qu'auparavant, j'en avais une tout entière.

— Attends quelques mois et tu changeras de sentiment, car peu à peu l'enfant apprendra à te connaître et à t'aimer. Tu comprendras alors, ma fille, qu'une affection de plus mérite bien quelques sacrifices, et que les plus grands bonheurs sont ceux qui coûtent quelque chose. Je suis sûre que tu serais la première à me reprocher de négliger ce faible petit être. Si je te racontais tous les soins qu'a réclamés ta première enfance, ne serais-tu pas affligée que j'en prisse moins de ta sœur ?

— Peut-être ; mais ça n'en est pas moins très-ennuyeux, et je préférerais n'avoir pas de sœur.

— Prends garde, mon enfant, de convertir en malheurs les joies que Dieu t'envoie. Tu oublies que « le contentement d'esprit » est une disposition qu'il nous recommande et qui lui est agréable.

Ne pourrais-tu te corriger, et paraître ce que tu es en réalité : une petite fille heureuse ?

A voir l'expression d'Aurélie, il était clair qu'elle ne désirait pas se corriger.

Quelque temps après, elle eut à déplorer un malheur d'un autre genre. Son père hérita d'un vieux cousin un vaste et magnifique domaine situé dans la plus riante contrée, et M. Bellefond, qui aimait beaucoup l'agriculture, se proposa de le faire valoir et se décida à s'y établir. Quelle est la la petite fille qui n'eût pas bâti en imagination les plus séduisants châteaux en Espagne au sujet des jardins, des bois, des moutons et des vaches, de la liberté de la campagne et du bon air qu'on y respire ? Plus d'une aurait dit à sa mère : J'aurai une génisse à moi, n'est-ce pas, maman ? et une petite laiterie, et un agneau doux et blanc qui me suivra partout. J'aurai un jardin particulier au milieu des vastes parterres ; j'y sèmerai des graines, j'y cueillerai des fraises, des roses et du jasmin. O maman, que je suis heureuse !

Aurélie ne parlait point ainsi. En apprenant qu'on allait abandonner la riche et belle maison de la place V***, qu'on s'éloignerait du joyeux mouvement des boulevards, des brillants magasins et des fêtes animées de l'hiver, elle demeura consternée, se livra à un accès de pleurs et se dit que sérieusement il y avait de quoi en mourir. Ces jouissances, qu'elle n'avait pas appréciées jusqu'ici, lui paraissaient maintenant incomparables, et l'idée de les échanger contre une existence monotone et solitaire la jetait dans la désolation.

On n'en continuait pas moins les préparatifs du départ, et l'on arriva bientôt au terme fixé pour l'installation à Beaumont.

Ce fut par une charmante matinée de la fin d'avril qu'Aurélie monta en voiture avec ses parents et sa petite sœur. Bientôt on eut laissé derrière soi la ville et ses faubourgs, bientôt on roula sur une route qui circulait entre de belles forêts, de vertes prairies, ou traversait quelque riant village pour reprendre ensuite dans la rase campagne qu'animait ici et là une maison rustique. Qu'il était beau le paysage sous le ciel pur d'un jour de printemps! Qu'on se sentait heureux dans la calèche, environné de la grande nature et des senteurs vivifiantes du matin! Oui, en vérité, à l'exception d'Aurélie, chacun y était content. M. Bellefond admirait la fertilité de la contrée, la richesse de la végétation, la variété des aspects, tandis que sa femme se félicitait de la bonne influence qu'aurait l'air des champs sur sa petite famille et jouissait de tout son cœur de l'azur radieux et des collines verdoyantes. La petite Laurette, qui n'avait guère plus d'une année, jasait en son langage, tendait ses petites mains à l'insecte qui volait, et sautait d'aise sur les genoux de sa nourrice. Aurélie, elle, était toute à ses regrets et affirmait ne rien découvrir d'agréable sur cette route interminable, inondée de soleil et fatigante. Tout ce qu'elle gagnerait dans ce trajet, ce ne serait qu'un coup de soleil ; elle se sentait déjà le visage en feu ; elle était persuadée qu'elle avait déjà l'air d'une écrevisse du plus beau rouge... Que de murmures dans ce pauvre cœur !

Enfin on arriva, et le concierge vint recevoir la famille et lui ouvrir la maison, où l'ordre s'établit peu à peu. C'était une jolie habitation, d'aspect moderne, avec des galeries ornées de plantes grimpantes, avec de grandes croisées qui ouvraient sur de gracieux parterres, sur le parc ombreux, ou sur les champs lointains. M. et madame Bellefond étaient ravis de leur propriété. L'intérieur de la maison répondait à son entourage, et il fut impossible à Aurélie de refuser un sourire à la chambrette mignonne qui lui était réservée. En effet, rien ne pouvait être plus gai que cette tapisserie bleu clair, ces blancs rideaux, ce parquet brillant, et la belle campagne qui se déroulait devant les fenêtres. Aurélie avoua que cette petite pièce lui plaisait assez. Profitant de cette éclaircie dans son humeur, son père l'emmena faire le tour du jardin. Il lui montra les espaliers en fleurs qui garnissaient les murs, et Aurélie leur accorda un signe d'approbation; il lui montra les abeilles qui songeaient déjà à préparer leur miel; il la conduisit à l'étable, où des bœufs, des vaches, des chevaux hennissaient, mugissaient ou dormaient sur leur litière; il lui fit remarquer la fermière qui trayait en ce moment; Aurélie admira le lait écumeux qui jaillissait dans le seau et se réjouit en secret de le goûter le soir même. On visita la laiterie et l'on se sentit en appétit rien qu'à la vue du beurre frais battu, et de la crème épaisse destinée aux fromages. On fit le tour du parc et le pied devint léger dans les allées sablées qui se perdaient sous des bosquets touffus et vous amenaient doucement à quelque banc rustique, où il ferait si bon venir avec son livre ou son aiguille, ou tout simplement son déjeuner.

Lorsque Aurélie revint à la maison, la main dans celle de son père, son expression était tout autre.

— Allons! remarqua M. Bellefond en souriant, je vois que peu à peu tu t'habitues à l'idée de vivre au milieu des champs.

Aurélie ne répondit pas tout de suite; enfin elle dit : Je suis sûre qu'au bout de quelques jours, je m'y ennuierai beaucoup.

— C'est ce que nous verrons. En attendant, jouis et profite du beau temps; plus tard, il te sera permis de te plaindre.

Il aurait été difficile de ne pas suivre ce conseil. Aurélie, au fond, se sentait aussi épanouie, aussi gaie que le joyeux soleil, que les oiseaux, que les abeilles, que tout ce qui animait la nature. Elle allait à l'aventure et à la découverte, elle retournait à la ruche, à l'étable, se liait avec la fermière et se prenait d'amitié pour sa pauvre petite fille qui, âgée de treize ans, avait les jambes paralysées et ne quittait pas son lit.

Quand elle retrouva sa mère, elle lui apportait un gros bouquet de fleurs des champs et son expression était radieuse.

— Eh bien, ma fille, lui dit madame Bellefond, qu'est-ce qui te rend heureuse en ce moment? d'où vient que tu n'as plus l'air morose de ces jours passés?

— Je ne sais, maman. C'est sans doute parce que je me suis amusée aujourd'hui.

— A propos de quoi?

— Il y a tant de fleurs partout!... Et puis j'ai fait la connaissance de Marceline.... Cette pauvre fille! elle est couchée tout le jour et ne sort jamais de sa chambre.

— Elle se trouve sans doute fort malheureuse?

— Eh bien, non, maman! s'écria vivement Aurélie ; elle souriait lorsque je suis entrée. Je lui ai montré ma petite boîte à aiguilles sur laquelle est peinte un papillon. Elle l'a trouvée si jolie que j'ai voulu qu'elle la gardât. Si tu avais vu sa joie, maman! comme ses yeux brillaient!...

— Quoi! ses yeux brillaient, lors même qu'elle se trouvait au lit, incapable de remuer les jambes?

— Oui, maman; c'est étrange, n'est-ce pas?

— Je ne sais en vérité ce qui est le plus étrange ou de Marceline, infirme, prisonnière et joyeuse, ou d'Aurélie, libre, comblée de biens et toujours malheureuse.

— Mais, maman, je ne suis pas toujours malheureuse; c'est seulement quand quelque chose me contrarie.

— Ce qui te contrarie, ma fille, ferait la joie de Marceline. D'où vient cela?

— Elle a d'autres goûts que moi, apparemment.

— Oui, parce qu'elle n'est pas une enfant gâtée, que l'école du malheur lui a enseigné à se sentir reconnaissante des plus petits bonheurs. C'est un caractère bien aimable et je voudrais que tu apprisses d'elle combien en vérité « le contentement d'esprit est un grand gain. » Mon enfant, tes murmures sont autant de péchés, tu es assez raisonnable pour le reconnaître ; promets-moi de te corriger.

— Mais, maman, je ne sais comment faire. Je ne puis me sentir joyeuse de ce qui me cause du chagrin.

— Examine d'abord à fond ce que tu appelles chagrin, et tu t'apercevras que cela ne mérite pas ce nom. Si décidément tu n'y parviens pas, occupe-toi des autres, de leur bonheur, et tu y trouveras le tien. Lorsque tu regrettes la ville, et que tu te plains de la campagne, va faire une visite à Marceline, et procure-lui quelque petite douceur, tu ne tarderas pas à recouvrer ta bonne humeur. Allons, ma fille, essaye de ce moyen pendant huit jours seulement et je suis sûre que tu ne découvriras pas un seul sujet de plainte. Veux-tu me le promettre?

— J'essayerai, maman, dit Aurélie riant à moitié et secrètement incrédule à l'endroit du résultat promis.

Le lendemain la pluie tombait à verse, et Aurélie se tint pour incontestablement malheureuse.

— Tu conviendras du moins, maman, dit-elle, qu'à la campagne la pluie est une chose désolante.... Oh! que cette solitude est triste par ce mauvais temps!

— Tu as des livres, ma chère, tu as un recueil

de contes pour la jeunesse qui t'amusait fort le mois dernier.

— Mais je l'ai lu et relu. Il m'ennuie maintenant.

— Quoi! même l'histoire de la petite fille capricieuse?

Aurélie sourit.

— Veux-tu que je te donne un conseil: Prends un parapluie et va chez Marceline lui offrir de lui lire ce joli conte.

Aurélie hésitait; enfin elle prit le livre d'une main, son petit parapluie de l'autre et alla se présenter chez Marceline.

Lorsqu'elle revint auprès de sa mère, c'était une autre Aurélie, tant ses yeux brillaient de contentement.

— Songe un peu, maman, s'écria-t-elle, Marceline a été si ravie de ma proposition, que je lui ai lu la moitié du volume. Je garde l'autre moitié pour le prochain jour de pluie. Elle dit qu'elle sera bien contente quand il pleuvra de nouveau; et moi aussi! Vraiment je le serai!... Après cela nous avons fait quelques petits jeux qui l'ont beaucoup amusée. Tu ne saurais croire comme elle rit de bon cœur, Marceline, toute paralysée qu'elle est. C'est bizarre!

En effet, Marceline était pour Aurélie une personne bizarre. Cette pauvre enfant toujours alitée et jouissant avec ardeur des moindres distractions, exclue de la vie commune et reconnaissante des plus petits bienfaits : cela dépassait l'intelligence d'Aurélie. Oui, cela dépassait son intelligence, mais en même temps, cela exerçait sur son humeur une influence réelle, quoique insensible. Lorsqu'elle avait fait quelque plaisir à sa chère Marceline, elle n'aurait pas changé sa condition contre celle d'une reine, et sa mère remarquait que lorsqu'elle avait subi le contact de cette douceur et de cette patience angéliques, elle se contenait au moment de se plaindre ou de se fâcher.

La joie de rendre service à Marceline lui inspira naturellement l'idée d'étendre ses modestes bienfaits. En se familiarisant avec les gens de la campagne, elle osa mieux les aborder et trouvait aisément quelques paroles à leur adresser. Aussi les enfants des environs firent bientôt intime connaissance avec cette gentille petite demoiselle qui avait toujours quelques fruits ou quelque friandise à partager avec eux, qui ne dédaignait point de les attirer chez elle pour leur montrer des images ou leur présenter sa petite sœur. Elle se lia particulièrement avec ceux qui étaient malheureux ou malades. Ses fréquentes visites à Marceline avaient développé sa sympathie et lui avaient révélé la délicate science de distraire et de consoler. On aimait à rencontrer sur la route poudreuse ou dans le sentier solitaire la jeune fille qui, escortée de sa bonne, se rendait dans une chaumière pour porter des secours à un indigent, ou des jouets à un enfant malade. On aimait à la voir revenir le pied léger, le regard joyeux, savourant dans son cœur le bonheur de faire du bien.

Ses parents, qui s'intéressaient vivement à ses nouveaux amis, à ses nouveaux devoirs, souriaient avec tendresse en l'entendant s'écrier que la journée était trop courte.

C'est dans cette atmosphère de paix et de bienfaisante activité qu'Aurélie grandit. Elle a le projet de faire mieux encore; elle compte créer dans sa propre demeure une école dont elle sera la directrice, et où elle recevra les enfants trop éloignés du village pour profiter de l'enseignement qu'on y a institué. Elle veut que sa vie devienne utile, afin qu'elle soit heureuse; car elle a éprouvé que l'ennui et la tristesse ne trouvent pas de place dans une journée consacrée au bonheur d'autrui. En caressant sa petite sœur, ou en lui faisant épeler ses mots, elle ne se souvient pas sans repentir que la présence de cette créature bien-aimée constitua un jour un de ses malheurs, et elle rit de bon cœur en songeant que ce séjour qui lui est si cher aujourd'hui et qui lui a fait rencontrer des devoirs si doux, fut le sujet de lamentations et provoqua des larmes amères. Elle comprend maintenant que la plupart de nos chagrins naissent de notre égoïsme, et que les personnes dévouées ne connaissent point tant les plaintes et les regrets. Lorsque son père lui demande ce que sont devenus ses anciens malheurs, elle répond : — Ils se sont changés en joies dès que j'ai songé à ceux des autres plus qu'aux miens. Ah! cher papa, Marceline m'a souvent donné à réfléchir; lorsque j'ai vu de quels bonheurs cette pauvre fille composait sa vie, j'ai eu honte des malheurs d'une petite fille heureuse.

JÉROME

Soyez fidèles en toutes choses à ceux qui sont vos maîtres.

Col. III, 22.

— Hors d'ici, petits drôles! disait un vieux monsieur à quelques enfants en guenilles qui rôdaient autour de son jardin. Je vous reconnais : c'est vous qui avant-hier cherchiez à escalader le mur pour croquer mes noisettes. Je vous le répète : allez-vous-en!

A ces paroles, des expressions différentes se peignirent sur la figure des petits mendiants. Les uns se regardèrent en riant d'un air sournois; les autres avec un regard insolent murmurèrent des injures; un seul se sentit rougir jusqu'aux yeux en s'entendant accuser de vol. Mais cette rougeur n'avait rien de coupable : c'était celle de l'honnêteté outragée. Sa physionomie ouverte était un bon témoignage de sa droiture. On devinait que ce visage, à l'expression candide, n'avait pas besoin de se détourner avec confusion quand on parlait de vol et de voleur. Affligé et silencieux, il suivit ses camarades qui, lorsqu'ils furent assez loin pour n'être pas entendus, ou du moins pour se croire à l'abri du châtiment, crièrent des sottises au vieux monsieur qui visitait ses espaliers.

— Il faut nous venger! dit tout à coup celui qui paraissait le plus mauvais de la bande.

— Oui, oui ; vengeons-nous de ce vieil avare, reprit un autre ; ce sera bien fait.

— Il nous le payera ! s'écria un troisième.

— Jurons de nous venger! vociféra son voisin en agitant un bras qui n'était pas pourvu d'une manche dans son entier.

— Je ne demande pas mieux ; mais que ferons-nous ? objecta l'un d'eux.

— C'est bien facile, repartit le premier ; il y a un banc en dehors du mur ; de ce banc, je parie d'atteindre les branches qui pendent au-dessus. Une fois sur le mur, je me glisse jusqu'au noisetier et si j'y laisse une noisette, je veux être pendu.

Seulement, il est bien entendu que vous ferez sentinelle, vous autres!

— A condition d'en avoir notre part.

— C'est dit! Il faut jurer d'être tous ici ce soir à huit heures.

— Je ne veux pas jurer! dit le petit garçon à l'honnête physionomie.

— Tu t'en mordras les doigts, je t'en préviens!

— Je ne veux pas jurer; je ne veux pas voler!

— Quel lâche tu fais! Puisqu'on nous traite de voleurs, eh bien, nous volerons.

— Je ne veux pas voler!

— Tu t'en repentiras. Tu sais comme je fais pleuvoir les coups de poing.

— Si tu m'en donnes je te les rendrai.

— C'est ce que nous verrons!

Là-dessus, les petits garnements se dispersèrent en se donnant rendez-vous pour le soir, et Jérôme s'en alla inquiet de ce qui l'attendait s'il ne prenait pas part à cette mauvaise action, et cependant bien décidé à ne la pas commettre. Le lendemain, il évita de son mieux ses camarades, espérant d'abord qu'ils n'avaient pu réussir dans leur coupable dessein, puis qu'ils finiraient par oublier de le punir de sa résistance.

Mais voilà qu'un matin, comme il longeait la place du village, une voix s'écria :

— Tu ne l'échapperas pas!

Et, en même temps, il reçut dans le dos un violent coup de poing. Il eut à peine le temps de rispoter qu'il se vit entouré de quatre ou cinq mauvais drôles qui s'apprêtaient à lui faire payer cher sa poltronnerie, comme ils disaient. L'un le tirait par une manche qu'il achevait de déchirer, l'autre lançait en l'air sa casquette, tandis qu'un troisième le renversait. Une fois tombé, le pauvre Jérôme fit les efforts les plus inutiles pour se relever, car les petits vauriens le maintenaient dans cette posture par de mauvais traitements. Le pauvre enfant éclata en pleurs et cria au secours. En ce moment passa sur la place un monsieur qui conduisait un char-à-bancs, et qui, à l'ouïe de ses cris, arrêta son cheval pour savoir ce qui arrivait.

Mais à la vue d'un homme grand et fort qui descendait de voiture, les camarades de Jérome s'enfuirent au lieu de répondre. Le monsieur s'approcha du petit garçon et le trouva dans un si triste état qu'il en fut ému de pitié, et, le fouet à la main, se mit à la poursuite des petits misérables qui, très-effrayés, se sauvèrent à toutes jambes. Alors, revenant à son protégé, il le releva et lui demanda avec bonté l'explication de cette scène.

— Ils se vengent parce que je n'ai pas voulu les

aider à voler, dit Jérôme qui était si ébranlé que ses larmes coulaient tandis qu'il parlait.

— Est-il possible! s'écria le monsieur. Mon enfant, parles-tu selon la vérité? Tu le sais, Dieu t'écoute comme moi, et lui, on ne le trompe pas.

— Oh! le bon Dieu sait bien que je dis la vérité, répondit Jérôme en levant sur son interlocuteur un regard si sincère que celui-ci, persuadé de la véracité du petit mendiant, reprit :

— Pauvre enfant! viens avec moi. Nous chercherons le moyen de te retirer de cette misérable vie.

Il conduisit Jérome dans sa voiture, l'assit à côté de lui et fouetta son beau cheval gris pommelé, qui partit comme un trait. Au bout de cinq minutes il arrêta son char devant une maison de campagne entourée d'un vaste jardin, à la vue duquel Jérome fit un mouvement de surprise, car de cette même porte où il arrivait en voiture, un vieux monsieur l'avait renvoyé ainsi que ses camarades d'une manière bien humiliante. Son compagnon lui dit de descendre et ouvrit le portail qui fermait au secret; puis il appela le jardinier auquel il remit son cheval, et prit le chemin de la maison.

— Où trouverai-je mon père? demanda-t-il à la servante qui venait à sa rencontre.

— A la salle à manger, où monsieur lit son journal.

— Bien. Veuillez, ma bonne Marguerite, donner à ce garçonnet un doigt de vin et une croûte de pain, et je vous conterai plus tard son histoire.

Tandis que son excellent protecteur allait d'un autre côté, Jérôme suivit Marguerite à la cuisine et se sentit bien restauré par les soins de la bonne servante. Dix minutes après, une porte s'ouvrit, et une voix qu'il reconnut pour celle de son nouvel ami l'appela. Il accourut, et, sur un signe amical, entra dans la salle où un vieux monsieur en robe de chambre et des lunettes sur le nez, se mit à l'examiner avec une attention qui déconcerta fort le pauvre Jérôme. Mais il ne fut point reconnu pour l'un des mendiants que le propriétaire de la maison avait chassés deux ou trois jours auparavant, tandis qu'un coup d'œil lui avait suffi pour s'assurer que le père de son protecteur et le vieux monsieur d'alors n'étaient qu'une même et seule personne.

— D'où venez-vous, mon ami? demanda celui-ci au bout d'un moment.

— Je viens.... je viens de la place.

— Quelle place?

D'un geste de tête, Jérôme indiqua une direction quelconque.

— Et que faisiez-vous là ?

— Je demandais l'aumône.

— Triste métier ! vos parents l'approuvent-ils ?

Jérôme regarda son interlocuteur d'un air étonné.

— Je n'ai point de parents, dit-il.

— Qui donc vous a élevé ?

— On dit que c'est le village.

— Vous voulez dire l'hospice du village ?

— Je pense que oui, monsieur.

— Avez-vous du goût pour la fainéantise et la mendicité que vous ne cherchez pas à gagner votre vie ?

— J'aimerais bien la gagner, mais je n'ai pas d'ouvrage.

— On se donne la peine d'en chercher quand on en manque. Mais si ce désir est sincère chez vous, je vous proposerai un arrangement : vous arracherez la mauvaise herbe de la cour et du jardin, vous aiderez le jardinier à arroser, et en retour vous serez nourri, couché — on vous fera un lit sur le foin — et vous recevrez trois sous par jour qui bientôt vous permettront de remplacer quelque partie de votre vêtement.

Jérôme était devenu pourpre de bonheur, et, s'il l'eût osé, il se serait mis à gambader dans la chambre.

— Cet arrangement vous va-t-il ? demanda le fils du vieux monsieur en souriant.

Jérôme lui adressa un regard qui valait tous les témoignages d'assentiment et de reconnaissance.

— Puis-je commencer tout de suite ? dit-il d'une voix altérée par la joie.

Le vieux monsieur lui sut gré de cet empressement et le conduisit à son jardinier en le priant de donner un couteau à Jérôme.

Voilà donc le petit garçon installé dans ses nouvelles fonctions et s'attirant la bienveillance de Mathurin par son zèle et sa docilité. Mais ce qui était encore plus méritoire de sa part — car Dieu seul le voyait — c'était sa fidélité dans les choses cachées et petites. Souvent laissé à lui-même pendant de longs moments, il arrachait les mauvaises herbes dans les carrés de fraises ou au pied des espaliers chargés d'abricots jaunissants, et jamais le brave enfant ne se permit de dérober un seul de ces fruits : ni fraises rouges, si parfumées que l'eau lui en venait à la bouche, ni abricots dorés et mûrs qui pendaient à la hauteur de sa main. Non ; cette recommandation du Seigneur : Soyez fidèles en toutes choses, était aussi écrite dans sa conscience, et le petit Jérôme n'aurait eu garde d'y fermer l'oreille.

Quelquefois son maître le surveillait de la fenaître sans en être aperçu, et chaque jour il éprouvait plus d'estime pour lui. Toutes les fois qu'il voyait son fils, il lui en parlait avec un nouvel intérêt, et un jour il lui dit :

— Il faut que ce garçon fasse mieux que d'arroser et d'arracher la mauvaise herbe. Il mérite qu'on le pousse dans une profession où il réussisse.

— Je m'en charge, dit M. Pollux; si vous y consentez, mon père, je l'emmènerai chez moi; j'en ferai mon petit domestique. Le matin, il cirera les souliers, portera l'eau, polira les couteaux; l'après-midi, il suivra l'école et je lui donnerai un petit gage.

— Très-bien, mon fils. Ce sera faire une bonne action que de le mettre à même de gagner honorablement sa vie.

La proposition fut faite à Jérôme, qui fut bien reconnaissant de monter en grade, quoiqu'il regrettât le grand jardin où l'air était si pur, si embaumé, le jardinier qui lui montrait beaucoup d'affection, et jusqu'à son vieux maître qui, maintenant, lui souriait d'un air satisfait, ce qui était aux yeux de Jérôme un grand honneur. D'un autre côté, la perspective d'apprendre quelque chose, d'avoir un état, un gagne-pain, lui faisait battre le cœur de joie.

Mais chaque position dans la vie a ses tentations, et Jérôme, quoiqu'il n'eût plus à combattre le désir de goûter des fruits du beau jardin, demeurait avec des servantes peu scrupuleuses, qui le poussaient à s'emparer de ce qu'on ne lui donnait pas. C'était un morceau de sucre à soustraire au sucrier qu'il portait le soir dans la chambre de son maître, et qu'il mettrait le lendemain dans son lait. C'était le reste d'une bouteille de vin laissée sur la table et que M. Pollux avait à coup sûr crue finie. Un sou, un simple sou, oublié sur la cheminée du parloir; on ne savait à qui il appartenait; et puis qui est-ce qui aurait l'idée de réclamer un sou?

Mais Jérôme tenait bon : il voulait être fidèle en toutes choses. Sa conscience lui disait : « Si ces choses sont sans importance, pourquoi les dérober, au lieu de les demander simplement? Et si elles ont quelque valeur, quelle honte d'y porter la main! »

Sa résistance ne lui facilitait pas la vie. Les domestiques, que sa présence empêchait souvent de satisfaire leurs convoitises, l'en punissaient par de mauvais procédés et des paroles assez dures. Mais il persistait dans sa résolution, et d'ailleurs son bon cœur et son obligeance ne restaient pas sans influence sur ceux qui l'entouraient. Quant à

M. Pollux, enchanté de son petit Jérôme, il s'intéressait aux progrès qu'il faisait à l'école, et lui promit que s'il continuait comme il avait commencé, il le placerait comme commis chez un marchand.

En effet, un beau jour, Jérôme se trouva dans un magasin bien achalandé, répondant poliment à ceux qui demandaient à voir la marchandise, s'empressant de les satisfaire et gagnant l'approbation générale par sa bonne humeur et sa promptitude. Cependant ce n'était pas sans tristesse qu'il songeait que cette nouvelle position l'éloignait de son cher M. Pollux. Bientôt il se lia avec les jeunes commis qui servaient dans le même magasin, et ces derniers s'enhardirent au point de le railler sur ses vêtements rapiécés en maint endroit, et sa casquette usée dont le drap était devenu gris jaune. Souvent le marchand envoyait l'un de ses commis porter des commandes en ville, et Jérôme était quelquefois chargé de cette fonction. Dans ces occasions, il rencontrait assez fréquemment un ancien camarade qui avait été autrefois employé chez M. Pollux en qualité de commissionnaire. Il avait continué ce métier, mais ne réussissait guère, parce qu'il perdait un temps considérable à fainéanter.

— Allons, dit-il un jour à Jérôme en l'arrêtant

au passage, aujourd'hui j'ai du temps à perdre ; j'ai fini ma journée. Viens avec moi faire un tour dans la ville.

— Non vraiment, dit Jérôme. Mon patron m'attend pour me renvoyer faire une course.

— Tu as le temps, il n'est pas quatre heures.

— Qu'importe, dès que je suis attendu...?

— Qu'est-ce donc qu'une heure? S'il te gronde pour si peu, c'est un tyran. Eh bien, va pour une demi-heure. Tu ne me refuseras pas une promenade d'une demi-heure?

— Si fait, te dis-je. Je ne puis pas même te donner un quart d'heure, puisque mon temps ne m'appartient pas.

— Qu'est-ce que tu me chantes là?

— C'est la vérité. Mon maître me paye pour avoir ma journée entière; si donc j'emploie à ma guise une partie de cette journée, c'est autant que je lui vole. Laisse-moi aller, je n'ai que trop bavardé.

— Tu es un fameux original, va! d'une sagesse à vous faire bâiller.

Mais Jérôme ne l'entendit pas; il était déjà loin, ne voulant pas plus dérober du temps que de l'argent, et suivant strictement ce précepte: « Soyez fidèles en toutes choses. »

— Grande nouvelle pour Jérôme! s'écria un jour un des jeunes commis. Mais pour comprendre toute son importance, laissez-moi d'abord vous présenter sa casquette.

Et le malin garçon offrit aux regards la fameuse casquette qu'on accueillit par un éclat de rire.

— Jérôme, mon garçon, continua-t-il en se tournant vers le jeune homme qui arrangeait une pile d'étoffes pour dissimuler son embarras, car il n'ignorait pas l'usure de cette pièce de sa toilette; Jérôme, grande liquidation de casquettes et de chapeaux de tout genre, sur la place du marché. Prix extraordinairement bas, marchandise excellente. Telle est l'annonce de l'affiche. J'ai immédiatement pensé à toi; n'est-ce pas aimable de ma part?

Jérôme ne répondit rien; mais il avait soupiré une ou deux fois et sa figure était très-sérieuse. Le soir, lorsqu'il quitta le magasin, il prit son humble casquette et sortit avec ses camarades. Celui qui l'avait raillé passa son bras sous le sien et lui dit :

— Allons voir la vente sur la place du marché.

Jérôme se laissa conduire devant un immense étalage de coiffures de toute espèce : chapeaux de paille, feutres, casquettes de toute couleur et de tout calibre. Jérôme était ébloui, et l'occasion lui sembla irrésistible.

— Tiens, lui dit son compagnon, celle-ci a l'air d'être faite gour toi.

Et lui enlevant sa casquette gris jaune, il lui en essaya une de joli drap bleu.

— Eh bien, que te disais-je? Combien coûte-t-elle, brave homme? demanda-t-il au marchand.

— Trente sous, mon beau monsieur.

Le commis donna dans les côtes de Jérôme un coup de coude en chuchotant :

— C'est pour rien, vraiment pour rien! décide-toi.

Jérôme tenait dans sa main l'objet de ses désirs, fasciné par son lustre et sa belle nuance. Mais soudain il le mit de côté en détournant les yeux, et dit d'un air attristé :

— Je n'ai pas d'argent.

— Demande au patron de t'avancer.

— Le patron n'avance jamais, à moins que le cas ne soit urgent, et, dans celui-ci, il se moquerait de moi.

— Quand reçois-tu ton mois?

— Dans quinze jours.

— Et la liquidation se ferme dans huit!

Jérôme regarda son ami d'un air perplexe.

— Un expédient! s'écria celui-ci. Garde l'argent du premier objet que tu vendras, et dans quinze jours tu rendras la somme.

Jérôme tressaillit et recula d'un pas.

— De ma vie je ne ferai chose pareille!

— Imbécile! est-ce voler par hasard, puisque tu remettras dans la caisse jusqu'au dernier sou?

— C'est égal, je sens en moi que ce serait mal. Ne m'en parle plus, je t'en prie. Après tout qu'importe une casquette plus ou moins belle?

En disant ces mots, il s'éloigna à grands pas de la tentation sans jeter en arrière un seul coup d'œil. Il fut dans la soirée plus silencieux que de coutume, attacha en se couchant un œil piteux sur le drap gris jaune et la visière usée qui lui servaient de couvre-chef, et rêva d'un nombre infini de casquettes de beau drap bleu qu'on ne voulait ni lui donner ni lui vendre. Mais le lendemain, lorsqu'il retrouva son maître, qu'il put lever sur lui un regard candide, lui parler d'une voix assurée, il se sentit si heureux qu'en accrochant sa casquette aux patères, il la considéra d'un air qui disait :

— Est-ce que je t'aime assez, ma pauvre chère vieillerie! J'aurais cent casquettes neuves que je ne te jetterais pas au loin, sois tranquille!

Quoi qu'il en soit, le brave Jérôme dut vivre encore six mois avec elle. Mais aussi, dix ans plus tard, le petit mendiant ramassé sur une place de village était l'associé du fils de son patron, et chef d'une des meilleures maisons de commerce de la ville. Heureux, dans l'aisance, entouré d'une véritable estime, il se rendait témoignage que, pour arriver là, il ne s'était servi d'aucun moyen déloyal ou tout simplement suspect. Sa plus grande joie n'était pas sa prospérité, sa douce existence, l'affection même qu'on lui témoignait, non : c'était d'avoir été dès son bas âge fidèle en toutes choses.

FIN

TABLE

PARIS. — IMP. SIMON RAÇON ET COMP., RUE D'ERFURTH, 1.

www.ingramcontent.com/pod-product-compliance
Ingram Content Group UK Ltd.
Pitfield, Milton Keynes, MK11 3LW, UK
UKHW021107290826
14628UKWH00014B/896

9 782019 956271